日日系列

日語讀本

趙順文 編著

II

附解析夾冊、MP3 朗讀音檔下載

三民書局

序

　　《日語讀本》共分為 6 冊，以培育基礎日語能力為主要目標。編寫上注重語言結構，以基本句型為核心，導入表現的應用句型，以奠定學習者良好的「閱讀能力」、「寫作能力」以及「翻譯能力」。同時，可藉由朗讀音檔聆聽正確的日語發音，增進學習者的「聽說能力」。

　　本教材以台灣的日語學習者為對象，由易至難編排文章、文法與單字難度，使學習循序漸進，全 6 冊學習完約可到達日本語能力試驗 N2 的程度，並能讀懂報導、評論等邏輯清楚的文章。

　　各課主題取材注重生活化、實用性、趣味性，以台灣或日本為故事背景，描述台日社會及文化差異，同時穿插生動插圖，提升學習樂趣。透過課前學習提示，點出主旨與學習目標，使學習者能更迅速地掌握當課情境，訓練自主思考與表達能力。而每課皆運用約 10 種表現句型編寫課文，並以此為中心安排多樣化練習題型，即時檢視學習成效，補足學習盲點，培養寫作能力。

　　最後，本書如有未盡妥善之處，尚祈各界不吝指正。

本書使用說明

一、編排架構

每課內容包括①課文②句型③填空練習④造句練習⑤翻譯練習⑥應用會話⑦單字表⑧豆知識⑨諺語，共9大部分。並於句中的助詞等後方，依照句子結構做間隔，加強學習者初學日語時，對句子結構的分析與理解能力。

① 課文

針對每課「主題」與「表現句型」編寫而成，其中本冊課文特以兩種方式編寫。第一種為「全部假名」，其目的在於強化學習者對假名的認知，減少對漢字的依賴，僅透過假名即能迅速正確地掌握日語發音與語意。第二種為「假名漢字並存」，其漢字讀音特別標示在下方，方便學習者遮住讀音的部分，以測試自己的熟稔度。

② 句型

介紹該課提及的表現句型，並輔以多樣性的練習活動，強化句型的理解及應用。

③ 填空練習

針對日語的特性，將易疏忽的助詞與詞尾變化等細節挖空，加以重點練習。

④ 造句練習

以提供關鍵字的方式，寫出完整句子，幫助學習者練習助詞與句子間的連接用法，並奠定寫作的基礎。

⑤ 翻譯練習

配合該課內容，以中翻日的方式，培養學習者具有一定的翻譯能力，奠定作文與溝通的基礎能力。

⑥ 應用會話

運用本課表現句型，設計對話，使學習者了解並熟悉日語口語說法的變化，提供練習生活日語的機會。

⑦ 單字表

每課單字提供中、日文一覽表，將單字分成必須熟記且能運用於生活中的「使用語彙」，以及須保有最低程度認知的「理解語彙」。提供兩種重音標示法，避免學習者使用各式不同字典或習慣不同學習方式所產生困擾。單字表內特別標示い形容詞、な形容詞及動詞的基本句型，並且另外標示動詞分類，奠定日語基礎。

⑧ 豆知識

配合課文主題，以台日文化交流觀點撰寫補充小知識，提高學習者學習的興趣，避免流於枯燥。

⑨ 諺語

配合課文主題與表現句型，選擇日語中常見諺語或格言，以及其相對應的中文翻譯。

二、附錄

特別收錄「本冊句型一覽」，方便學習者快速查詢各課句型使用接續方式，詳細接續方式請參見「接續符號標記一覽表」。另收錄「詞性活用」一覽表，提供學習者參考與複習。

三、夾冊

提供課文與應用會話的參考中譯，以及句型、填空練習、造句練習、翻譯練習等習題的參考解答。

電子朗讀音檔下載方式

請先輸入網址或掃描 QR code 進入「三民・東大音檔網」

https://elearning.sanmin.com.tw/Voice/

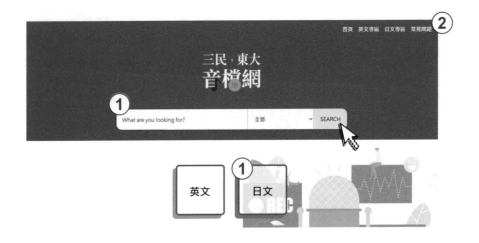

三民東大
外文組-
日文

若有音檔相關問題，歡迎**聯絡我們**③
服務時間：週一-週五，08:00-17:30

① 輸入本書書名搜尋，或點擊「日文」進入日文專區後，選擇「日日系列」查找，
　　即可下載音檔。

② 若無法順利下載音檔，可至右上角「常見問題」查看相關問題。

③ 若有音檔相關問題，請點擊「聯絡我們」，將盡快為您處理。

日語讀本 II 目次

圖片來源：Shutterstock

　　如果有機會成為交換學生前往國外，除了平時的課堂學習，也可以利用課餘時間到處走走，實際體驗不同的風土人情。現在就讓我們透過本課課文，來看看台灣高中生到日本東京當交換學生時，會和班上同學一起前往哪裡旅行，同時學習表示「希望、想要」的相關句型吧！

本文 🔊 01

わたしは　りょこうが　だいすきです。

いま　こうかんりゅうがくせいとして　にほんに　います。

クラスメートの　キムさんと　いっしょに　いろいろな　ところに　いきたいです。

まず　かんとうちほうの　かんこうちを　まわりたいです。

とくに　ディズニーランドの　パレードを　みたいです。

そして　ミッキーハウスで　ミッキーと　しゃしんを　とりたいです。

まえは　コーヒーカップに　のりたかったです。

けれども　いまは　のりたくないです。

ジェットコースターは　まえは　のりたくなかったです。

いまは　のりたいです。

りょこうに　おみやげは　つきものです。

わたしは　まえは　こものが　ほしくなかったです。

けれども　いまは　ほしいです。

キムさんは　おみやげが　ほしそうです。

おみやげてんで　ポケモンの　おかしや　ハローキティの　ぬいぐるみなどを　かいたそうです。

わたしは　キムさんに　「どんな　おみやげが　すきですか」と、ききました。

かのじょは　「ちゅうがくせいの　ときは　ドラえもんの　キーホルダー

が　ほしかったけれども、いまは　ほしくないです。

そのかわりに　ハローキティの　ぬいぐるみが　ほしくて　たまりません」

と、こたえました。

　　私は　旅行が　大好きです。今　交換留学生として　日本に　いま
す。クラスメートの　キムさんと　一緒に　色々な　所に　行きたいで
す。まず　関東地方の　観光地を　回りたいです。特に　ディズニーラン
ドの　パレードを　見たいです。そして　ミッキーハウスで　ミッキーと
写真を　撮りたいです。前は　コーヒーカップに　乗りたかったです。け
れども　今は　乗りたくないです。ジェットコースターは　前は　乗りた
くなかったです。今は　乗りたいです。

　　旅行に　おみやげは　付き物です。私は　前は　小物が　ほしくな
かったです。けれども　今は　ほしいです。キムさんは　おみやげが　ほ
しそうです。おみやげ店で　ポケモンの　お菓子や、ハローキティの　縫
いぐるみなどを　買いたそうです。私は　キムさんに　「どんな　おみや
げが　好きですか」と、聞きました。彼女は　「中学生の　ときは　ド
ラえもんの　キーホルダーが　ほしかったけれども、今は　ほしくないで
す。その代わりに　ハローキティの　縫いぐるみが　ほしくて　たまりま
せん」と、答えました。

文型 🔊 02

❶ （第一人称）〜を／が〜たいです （第一人稱）想…

① 私は　服を／が　買いたいです。
② 私は　ジュース　を／が　飲みたいです。
③ 私は　映画　を／が　見たいです。
④ 私は　日本語　を／が　勉強したいです。

❷ （第一人称）〜を〜たいです （第一人稱）想…

① 私は　公園を　散歩したいです。
② 私は　海岸を　散歩したいです。
③ 私は　町を　家族と　散歩したいです。
④ 私は　ここを　友達と　散歩したいです。

❸ （第一人称）〜に〜たいです （第一人稱）想…

① 私は　海に　行きたいです。
② 私は　家に　帰りたいです。
③ 私は　大きい　会社に　入りたいです。
④ 私は　飛行機に　乗りたいです。

❹ （第一人称）〜がほしいです （第一人稱）想要…

① 私は　車が　ほしいです。
② 私は　カメラが　ほしいです。
③ 私は　携帯電話が　ほしいです。
④ 私は　タブレットが　ほしいです。

❺ （第三人称）〜たそうです （第三人稱）想…

① **彼女**は　お茶を　飲みたそうです。

② **彼**は　公園を　散歩したそうです。

③ **陳**さんは　国に　帰りたそうです。

④ **キム**さんは　自転車に　乗りたそうです。

❻ （第三人称）〜がほしそうです （第三人稱）想要…

① **彼女**は　お菓子が　ほしそうです。

② **彼**は　パズルが　ほしそうです。

③ **張**さんは　おもちゃが　ほしそうです。

④ **加藤**さんは　りんごが　ほしそうです。

❼ （第三人称）〜そうです （第三人稱）看起來很…

① **彼女**は　嬉し　そうです。

② **彼**は　楽し　そうです。

③ **田中**さんは　寂し　そうです。

④ **あの人**は　つまらな　そうです。

❽ 何がしたいですか　　（你）想做什麼呢？

**　→ ～が～たいです　　（我）想做…**

**　→ 何もしたくないです　（我）什麼也不想做**

例 今晩は　何が　したいですか。／小説を　読む

→ 小説が　読みたいです。

→ 何も　したくないです。

① 週末は　何が　したいですか。／芝居を　見る

→

→

② 日曜日に　何が　したいですか。／すき焼きを　食べる

→

→

③ お休みに　何が　したいですか。／海岸を　散歩する

→

→

❾ （疑問詞）に～たいですか　（你）想…呢？

例 来年　どこに　行きたいですか。／外国

→ 外国に　行きたいです。

① お正月に　どこに　行きたいですか。／北海道

→

② あなたは　将来　何に　なりたいですか。／漫画家

→

③ 明日は　何に　乗りたいですか。／新幹線

→

❿ 何がほしいですか （你）想要什麼呢？

→ ～がほしいです／何もほしくないです

（我）想要…／什麼都不要

→ ～が～たいです／何も～たくないです

（我）想…／什麼都不想…

例 あなたは　何が　ほしいですか。／水／水を　飲む
　　　　　　　　なに　　　　　　　　　みず　みず　　　の

→ 私は　水が　ほしいです。
　わたし　みず

→ 私は　何も　ほしくないです。
　わたし　なに

→ 私は　水が　飲みたいです。
　わたし　みず　　の

→ 私は　何も　飲みたくないです。
　わたし　なに　　の

① あなたは　何が　ほしいですか。／パソコン／パソコンを　使う
　　　　　　　なに　　　　　　　　　　　　　　　　　　つか

→

→

→

→

② あなたは　何が　ほしいですか。／お金／お金を　もらう
　　　　　　　なに　　　　　　　　　かね　かね

→

→

→

→

③ あなたは　何が　ほしいですか。／友達／友達を　作る
　　　　　　　なに　　　　　　　　ともだち　ともだち　つく

→

→

→

→

ドリル

穴埋め

1. 彼は　作家 _____ 台湾に　来ました。
  かれ　さっか　　　　　　　　　　たいわん　　き

2. お誕生日 _____ ケーキ_____ 付き物です。
  たんじょうび　　　　　　　　　　　　　　　　　つ　もの

3. 私は　先生に　「おはようございます」_____、言いました。
  わたし　せんせい　　　　　　　　　　　　　　　　　　　　い

4. 前は　風鈴が　ほしかった_____、今は　あまり　ほしくないです。
  まえ　ふうりん　　　　　　　　　　　　　いま

5. 伊藤さんは　台湾人の　友達 _____ 作りた_____ です。
  いとう　　　たいわんじん　ともだち　　　　　　　つく

短文

1. 特に
  とく

→

2. 代わりに
  か

→

3. ～てたまりません

→

4. 彼女・私・答える
  かのじょ　わたし　こた

→

5. けれども

→

翻訳

1. 我以前想要車子，但現在想要手機。

→

2. 我剛才（さっき）想要喝果汁，但現在想要喝茶。

→

3. 她很喜歡小東西。她想買一個風鈴。

→

4. 我問他：想要什麼東西（物）？
　　　　　　　　　　　もの

→

5. 這本雜誌雖然有趣，但貴了一點（ちょっと）。

→

- メモ -

応用会話 🔊 03

てんいん：いらっしゃいませ。

きゃく　：しゅうまつに　いちにち　きょうとけんぶつが　したいのですが。

てんいん：では、パンフレットを　どうぞ。のりものは　どう　しましょうか。

きゃく　：そうですね。しんかんせんに　のりたいです。

店員：いらっしゃいませ。
てんいん

客　：週末に　一日　京都見物が　したいのですが。
きゃく　　しゅうまつ　　いちにち　きょうと けんぶつ

店員：では、パンフレットを　どうぞ。乗り物は　どう　しましょうか。
てんいん　　　　　　　　　　　　　　　　　　の　もの

客　：そうですね。新幹線に　乗りたいです。
きゃく　　　　　　　しんかんせん　　の

単語表 ◁⸝ 04

使用語彙

1. りょこう ₀	[旅行]	旅行
2. こうかんりゅうがくせい ₇	[交換留学生]	交換學生
3. いろいろ (な) ₀	[Nが色々 (な)]	各式各樣的
4. まず ₁		首先
5. かんこうち ₃	[観光地]	觀光地
6. まわる ₀	[NがNを回る] < I >	走訪，走遍
(まわります・まわって)		
7. とくに ₁	[特に]	特別
8. そして ₀		然後
9. パレード ₂	[parade]	遊行
10. しゃしん ₀	[写真]	照片
11. とる ₁	[NがNを撮る] < I >	拍照；拍攝
(とります・とって)		
12. つきもの ₂	[付き物]	離不開的東西；搭配物
13. こもの ₀	[小物]	小東西
14. ほしい ₂	[NがNが欲しい]	想要
15. おみやげてん ₄	[お土産店]	名產店
16. ぬいぐるみ ₀	[縫いぐるみ]	布娃娃；絨毛玩具
17. など ₁		等等
18. とき ₂	[時]	時候
19. キーホルダー ₃	[key holder]	鑰匙圈
20. かわりに ₀	[代わりに]	替代
21. たまる ₀	[堪る] < I >	忍受
(たまります・たまって)		
22. こたえる ₃	[NがNにSと答える] < II >	回答
(こたえます・こたえて)		

23. ふく₂ [服] 衣服
24. ジュース₁ [juice] 果汁
25. さんぽする₀ [NがNを散歩する]＜Ⅲ＞ 散步
　　（さんぽします・さんぽして）
26. かいがん₀ [海岸] 海岸
27. まち₂ [町] 街道
28. タブレット₁ [tablet] 平板電腦
29. おちゃ₀ [お茶] 茶
30. おもちゃ₂ [玩具] 玩具
31. うれしい₃ [Nが嬉しい] 高興的
32. さびしい₃ [Nが寂しい] 寂寞的
33. つまらない₃ [Nがつまらない] 無聊的，單調的
34. しょうせつ₀ [小説] 小說
35. しばい₀ [芝居] 戲劇
36. すきやき₀ [すき焼き] 壽喜燒
37. らいねん₀ [来年] 明年
38. がいこく₀ [外国] 外國
39. おしょうがつ₅ [お正月] 元旦，新年
40. しょうらい₁ [将来] 將來
41. まんがか₀ [漫画家] 漫畫家
42. しんかんせん₃ [新幹線] 新幹線
43. みず₀ [水] 冷水
44. つかう₀ [NがNを使う]＜Ⅰ＞ 使用
　　（つかいます・つかって）
45. もらう₀ [NがNをもらう]＜Ⅰ＞ （我）得到
　　（もらいます・もらって）
46. つくる₂ [NがNを作る]＜Ⅰ＞ 結交（朋友）
　　（つくります・つくって）
47. さっか₀ [作家] 作家
48. たんじょうび₃ [誕生日] 生日

49. ケーキ 1	[cake]	蛋糕
50. おはようございます 8		早安
51. いう 0	[NがNにSと言う] ＜Ⅰ＞	說
（いいます・いって）		
52. ふうりん 0	[風鈴]	風鈴
53. さっき 1	[先]	剛才
54. もの 2	[物]	東西
55. ちょっと 1		有些
56. てんいん 0	[店員]	店員
57. いらっしゃいませ 6		歡迎光臨
58. きゃく 0	[客]	客人
59. パンフレット 1	[pamphlet]	小手冊
60. どうぞ 1		請
61. のりもの 0	[乗り物]	交通工具

理解語彙

1. キム 1		金（韓國姓氏）
2. かんとうちほう 5	[関東地方]	關東地區
3. ディズニーランド 5	[Disneyland]	迪士尼樂園
4. ミッキーハウス 5	[Mickey house]	米奇屋
5. コーヒーカップ 5	[coffee cup]	咖啡杯
6. ジェットコースター 4	[和 jet + coaster]	雲霄飛車
7. ポケモン 0	[Pokémon]	寶可夢
8. ハローキティ 4	[Hello Kitty]	Hello Kitty，凱蒂貓
9. ドラえもん 0		哆啦 A 夢
10. ほっかいどう 3	[北海道]	北海道（日本地名）
11. いとう 0	[伊藤]	伊藤（姓氏）
12. きょうと 1	[京都]	京都（日本地名）

名稱含有「東京」，卻不在東京的景點

　　你知道嗎？雖然日本的迪士尼樂園名為「**東京ディズニー**<ruby>東京<rt>とうきょう</rt></ruby>**ランド**（東京迪士尼樂園）」，實際上它卻不在東京都內，而是位於東京都隔壁的千葉縣浦安市。還有一間主題樂園「<ruby>東京<rt>とうきょう</rt></ruby>**ド****イツ**<ruby>村<rt>むら</rt></ruby>（東京德國村）」也不在東京都，而是位在千葉縣柚浦市。其他還有一些學校名稱，例如東京基督教大學、東京國際大學也有類似情況，這兩間大學的校名雖然包含了東京，實際上卻分別位於東京都隔壁的千葉縣和埼玉縣。

　　另外，在過去的茨城縣議會上，為了提升茨城機場的海外知名度，曾有議員提議在機場的英文別名冠上「Tokyo」一詞，想將「<ruby>茨城空港<rt>いばらき くうこう</rt></ruby>（茨城機場）」的英文名稱改為「Tokyo North Airport」或是「Tokyo Ibaraki International Airport」，然而當地居民大多抱持著反對態度，認為此舉不僅會造成遊客誤解，更失去茨城縣當地的榮耀。最終因反對聲浪太大，而決定以「Ibaraki International Airport」作為對海外使用的英文名稱。

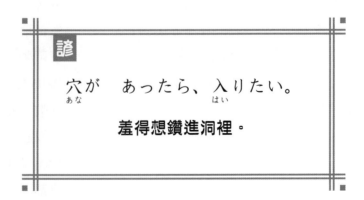

穴が　あったら、入りたい。
あな　　　　　　　　はい

羞得想鑽進洞裡。

第2課 外出

　　相信大家都有在放學後或是週末和朋友約出門玩的經驗，現在就讓我們來看看本課主角與朋友外出的一天做了哪些事情。本課將學習動詞的「て形」活用變化，以及如何使用「て形」的相關句型，描述正在進行的動作、形容人物的穿著打扮，以及事物的狀態等。

 # 本文 🔊 05

きのうは　あめが　よるおそくまで　ふって　いました。

つよい　かぜは　ふいて　いませんでした。

けれども　きょうは　そらが　はれて　います。

あめは　ふって　いません。

わたしは　きょう　たなかさんと　ふたりで　あそびに　いきたいです。

けさ　はやく　りょうを　でました。

じゅうじに　はらじゅくえきに　つきました。

たなかさんは　もう　えきまえに　きて　いました。

かのじょは　グレーの　セーターを　きて　います。

かわいい　スカートと　くつを　はいて　います。

とても　きれいで、すてきです。

えきまえの　みちは　にほんじんや　がいこくじんの　かんこうきゃくで
こんで　います。

わかものの　おおくが　かみを　ちゃいろに　そめて　います。

てに　けいたいでんわを　もって　います。

みんな　うきうきして　います。

どのみせも　センスが　よくて、こせいてきです。

わたしたちは　ごご　よじまで　このあたりを　ぶらぶら　さんぽしたい
です。

よる　こうきゅうレストランに　ばんごはんを　たべに　いきます。

たまには　ぜいたくも　したいです。

　昨日は　雨が　夜遅くまで　降って　いました。強い　風は　吹いて
いませんでした。けれども　今日は　空が　晴れています。雨は　降っ
て　いません。私は　今日　田中さんと　二人で　遊びに　行きたいで
す。今朝　早く　寮を　出ました。10時に　原宿駅に　着きました。田
中さんは　もう　駅前に　来て　いました。彼女は　グレーの　セーター
を　着て　います。かわいい　スカートと　靴を　はいて　います。とて
も　きれいで、素敵です。

　駅前の　道は　日本人や　外国人の　観光客で　込んで　います。若
者の　多くが　髪を　茶色に　染めて　います。手に　携帯電話を　持っ
て　います。みんな　うきうきして　います。どの店も　センスが　よく
て、個性的です。私たちは　午後　4時まで　この辺りを　ぶらぶら　散
歩したいです。夜　高級レストランに　晩ご飯を　食べに　行きます。
たまには　贅沢も　したいです。

17

文型 🔊 06

❶ 動詞て形 活用變化

• 第一類動詞

- 買う→買って
- 吹く→吹いて
- 出す→出して
- 持つ→持って
- 死ぬ→死んで

- 遊ぶ→遊んで
- 飲む→飲んで
- 降る→降って
- 泳ぐ→泳いで
- *行く→行って

• 第二類動詞

- 似る→似て
- 覚える→覚えて

• 第三類動詞

- する→して
- 散歩する→散歩して
- メモする→メモして

- くる→きて

❷ ～ています 眼見為憑動態，表示動作進行

① 彼女は　今　働いて　います。
② 彼は　今　プールで　泳いで　います。
③ 私は　今　お金に　困って　います。
④ 田中さんは　今　メモして　います。

❸ ～ています／～ていません 眼見為憑靜態，表示變化結果

① 彼女は　空港に　行って　います。
かのじょ　　くうこう　　い

② 彼は　結婚して　います。
かれ　　けっこん

③ 私は　単語を　覚えて　いません。
わたし　たんご　　おぼ

④ 弟は　文型を　忘れて　いません。
おとうと　ぶんけい　わす

❹ ～ています／～ていません 表示狀態屬性

① この道は　曲がって　います。
みち　　ま

② 台北の　空気は　汚れて　います。
たいぺい　くうき　　よご

③ 妹は　痩せて　いません。
いもうと　や

④ 娘は　母に　似て　いません。
むすめ　はは　に

❺ ～ています／～ていません 表示某期間內的動作進行或變化結果

① 彼女は　**最近**　8時に　家を　出て　います。
かのじょ　さいきん　はちじ　いえ　で

② 私は　**この頃**　3時に　会社に　行って　います。
わたし　　ごろ　さんじ　かいしゃ　い

③ 彼は　**近頃**　日本語を　勉強して　いません。
かれ　ちかごろ　にほんご　べんきょう

④ 父は　**相変わらず**　7時に　朝ごはんを　食べて　います。
ちち　あいか　　しちじ　あさ　　た

❻ ～ています／～ていません 表示穿著

① 彼女は　帽子を　被って　います。
かのじょ　ぼうし　かぶ

② 私は　眼鏡を　かけて　います。
わたし　めがね

③ 彼は　セーターを　着て　いません。
かれ　　き

④ 陳さんは　スカートを　はいて　いません。
ちん

❼ 〜ていました／〜ていませんでした

動作進行或變化結果的過去式

① 昨日は　雨が　8時まで　降って　いました。
きのう　　あめ　　はちじ　　　　　ふ

② 昨日は　彼が　夜遅くまで　起きて　いました。
きのう　　かれ　　よるおそ　　　　お

③ 昨日は　兄が　9時まで　働いて　いませんでした。
きのう　　あに　　くじ　　　　はたら

④ 昨日は　姉が　11時まで　寝て　いませんでした。
きのう　　あね　　じゅういちじ　　　ね

❽ 〜たがっています／〜がっています （第三人稱）想…

① 子供が　ケーキを　食べたがって　います。
こども　　　　　　　た

② 鈴木さんが　遊園地に　行きたがって　います。
すずき　　　ゆうえんち　　い

③ 妹が　公園を　散歩したがって　います。
いもうと　こうえん　　さんぽ

④ 弟が　玩具を　ほしがって　います。
おとうと　おもちゃ

❾ 〜で／て 同性質接續、並列句

① 黄さんは　**台湾人**で、高校生です。
こう　　　　たいわんじん　　こうこうせい

② 鄭さんは　**親切**で、ハンサムです。
てい　　　　しんせつ

③ この部屋は　広くて、きれいです。
へや　　ひろ

④ 小林さんは　背が　高くて、丈夫です。
こばやし　　　せ　　たか　　じょうぶ

❿ 〜に、〜に行きます 表示來去某場所的目的

① 彼は　服を買いに、デパートに　行きます。
かれ　　ふく　か　　　　　　　　い

② 私は　手紙を　出しに、郵便局に　行きます。
わたし　てがみ　　だ　　ゆうびんきょく　い

③ 姉は　本を　借りに、図書館に　行きます。
あね　ほん　　か　　としょかん　　い

④ 兄は　何を　しに、学校に　行きますか。
あに　なに　　　　がっこう　　い

ドリル

穴埋め

1. 弟 は 中学生 _____ 、14 歳です。

2. 雨が _____ 止んで _____ 。

3. この 喫茶店は コーヒーが おいし _____ 、安いです。

4. 父は 先週 東京 _____ 出張 _____ 来ています。

5. 彼女は たまに 友達と 音楽を 聞き _____ 、行きます。

短文

例 彼女は 台湾人です。

彼女は 高校生です。

→ 彼女は 台湾人で、高校生です。

1. 彼は 日本人です。

彼は 大学で 日本語を 教えて います。

→

2. 台北は 人が 多いです。

台北は にぎやかです。

→

3. この店は 昔 とても 有名でした。

この店は いつも お客さんで 込んで いました。

→

例 伊藤さんは　（学校に　行きます）＋（先生に　会います）

→ 伊藤さんは　先生に会いに、　学校に　行きます。

4. お兄さんは　（観光地を　回ります）＋（写真を　とります）

→

5. 子供は　（公園に　行きます）＋（友達と　遊びます）

→

翻訳

1. 中山小姐為了買書而去了書店。

→

2. 他感冒（風邪を引く）了。現在晚上 7 點就睡覺。

→

3. 最近常常颱風。

→

4. 我的同學個子矮（背が低い），又有點瘦。

→

5. 她以前經常騎著腳踏車去學校。

→

応用会話 07

りん：もりさん、もう　おひるを　たべましたか。

もり：まだです。

りん：いっしょに　こうきゅうレストランに　たべに　いきましょうか。

もり：いいですよ。おかねを　たくさん　もっていますから。

林：森さん、もう　お昼を　食べましたか。
りん　もり　　　　　　　ひる　　た

森：まだです。
もり

林：一緒に　高級レストランに　食べに　行きましょうか。
りん　いっしょ　こうきゅう　　　　　　た　　　　い

森：いいですよ。お金を　たくさん　持っていますから。
もり　　　　　　　かね　　　　　　　も

 # 単語表 🔊08

使用語彙

1. がいしゅつ 0	［外出］	外出
2. よるおそく 1-0	［夜遅く］	夜深地
3. ふる 1	［Nが降る］＜Ⅰ＞	下（雨或雪）
（ふります・ふって）		
4. かぜ 0	［風］	風
5. ふく 1	［Nが吹く］＜Ⅰ＞	吹
（ふきます・ふいて）		
6. はれる 2	［Nが晴れる］＜Ⅱ＞	晴朗，放晴
（はれます・はれて）		

7. はやく ₁	[早く]		早早地；很快地
8. りょう ₁	[寮]		宿舍
9. でる ₁ （でます・でて）	[NがNを出る] ＜Ⅱ＞		離開
10. えきまえ ₃	[駅前]		車站前
11. グレー ₂	[gray]		灰色
12. セーター ₁	[sweater]		毛衣
13. きる ₀ （きます・きて）	[NがNを着る] ＜Ⅱ＞		穿（上半身衣物）
14. かわいい ₃	[Nが可愛い]		可愛的
15. スカート ₂	[skirt]		裙子
16. くつ ₂	[靴]		鞋子
17. はく ₀ （はきます・はいて）	[NがNを穿（履）く] ＜Ⅰ＞		穿（下半身衣物、鞋）
18. とても ₀			非常
19. すてき（な）₀	[Nが素敵（な）]		美好的
20. みち ₀	[道]		道路
21. がいこくじん ₄	[外国人]		外國人
22. こむ ₁ （こみます・こんで）	[NがNで込む] ＜Ⅰ＞		擠，擁擠
23. わかもの ₀	[若者]		年輕人
24. おおく ₁	[多く]		許多
25. かみ ₂	[髪]		頭髮
26. ちゃいろ ₀	[茶色]		棕色，褐色
27. そめる ₀ （そめます・そめて）	[NがNをNに染める] ＜Ⅱ＞		染成
28. て ₁	[手]		手
29. もつ ₁ （もちます・もって）	[NがNを持つ] ＜Ⅰ＞		拿；帶；擁有
30. みんな ₃			大家

31. うきうきする₁	[Nがうきうきする]＜Ⅲ＞	興奮地期盼著
（うきうきします・うきうきして）		
32. センス₁	[sense]	感覺；品味
33. こせいてき（な）₀	[Nが個性的（な）]	具有個性的
34. あたり₁	[辺り]	附近
35. ぶらぶら₁		閒逛，溜達
36. こうきゅう₀	[高級]	高級
37. ばんごはん₃	[晩ご飯]	晚餐
38. ぜいたく（な）₃	[NがNに贅沢（な）]	奢侈的
39. およぐ₂	[Nが泳ぐ]＜Ⅰ＞	游泳
（およぎます・およいで）		
40. だす₁	[NがNを出す]＜Ⅰ＞	寄出；提出
（だします・だして）		
41. しぬ₀	[Nが死ぬ]＜Ⅰ＞	死
（しにます・しんで）		
42. にる₀	[NがNに似る]＜Ⅱ＞	與某人相像
（にます・にて）		
43. おぼえる₃	[NがNを覚える]＜Ⅱ＞	記住
（おぼえます・おぼえて）		
44. メモする₁	[NがNをmemoする]＜Ⅲ＞	做筆記
（メモします・メモして）		
45. こまる₂	[NがNに困る]＜Ⅰ＞	困擾
（こまります・こまって）		
46. けっこんする₀	[NがNと結婚する]＜Ⅲ＞	結婚
（けっこんします・けっこんして）		
47. まがる₀	[Nが曲がる]＜Ⅰ＞	彎曲
（まがります・まがって）		
48. くうき₁	[空気]	空氣
49. よごれる₀	[Nが汚れる]＜Ⅱ＞	汙濁
（よごれます・よごれて）		

第2課

25

50. や<u>せ</u>る。　　　　　　　[Nが**痩せる**]＜II＞　　　　　痩
　　（やせます・やせて）

51. む<u>すめ</u>₃　　　　　　　[娘]　　　　　　　　　　女兒

52. さ<u>いきん</u>。　　　　　　[最近]　　　　　　　　　最近

53. こ<u>のごろ</u>。　　　　　　[この頃]　　　　　　　　這陣子

54. ち<u>か</u>ごろ₂　　　　　　　[近頃]　　　　　　　　　近來

55. あ<u>いかわらず</u>。　　　　　[相変わらず]　　　　　　仍然

56. ぼ<u>うし</u>。　　　　　　　[帽子]　　　　　　　　　帽子

57. か<u>ぶ</u>る₂　　　　　　　　[Nが Nを**被る**]＜I＞　　　戴（帽子等）
　　（かぶります・かぶって）

58. <u>め</u>がね₁　　　　　　　　[眼鏡]　　　　　　　　　眼鏡

59. か<u>け</u>る₂　　　　　　　　[Nが Nを**掛ける**]＜II＞　戴（眼鏡等）
　　（かけます・かけて）

60. や<u>む</u>。　　　　　　　　[Nが**やむ**]＜I＞　　　　停止
　　（やみます・やんで）

61. し<u>ゅっちょう</u>。　　　　　[出張]　　　　　　　　　出差

62. お<u>ひ</u>る₂　　　　　　　　[お昼]　　　　　　　　　午餐

63. か<u>ぜ</u>。を<u>ひく</u>。　　　　[Nが**風邪を引く**]＜I＞　感冒
　　（かぜをひきます・かぜをひいて）

64. ひ<u>く</u>い₂　　　　　　　　[Nが**低い**]　　　　　　（個子）矮的；低的

理解語彙

1. は<u>らじゅく</u>。　　　　　　[原宿]　　　　　　　　　原宿（日本地名）

2. <u>こう</u>₁　　　　　　　　　[黃]　　　　　　　　　　黃（姓氏）

3. <u>てい</u>₁　　　　　　　　　[鄭]　　　　　　　　　　鄭（姓氏）

4. も<u>り</u>。　　　　　　　　　[森]　　　　　　　　　　森（姓氏）

以述語為核心的日語表現

　　日語的口語表現常常只要有述語存在，即可成立。這表示述語本身內含著主語受語等必要成分，例如以下的表現：

「雨（あめ）！」：下雨了。

「地震（じしん）！」：地震了。

「まもなく京都（きょうと）です。」：馬上就到京都了。

「しばらくでした！」：好久不見了。

「きれいだなあ…」：好漂亮啊！

「うまい！」：好好吃！

「お忙（いそが）しそうですね。」：您好像很忙呢。

「冷（ひ）えるねえ！」：好冷啊！

「あ、分（わ）かった！」：啊！我懂了。

「どうも遅（おそ）くなりまして。」：對不起，我遲到了。

> **諺**
>
> 心臓（しんぞう）に　毛（け）が　生（は）えて　いる。
>
> **心臟長毛（喻厚臉皮）。**

 - メモ -

第3課 私の一日

好奇交換學生如何度過平日要上課的時候嗎？透過本課課文，讓我們來看看在日本的台灣留學生的一天，同時學習動詞活用變化的「ない形」和「た形」，以及表示「許可、禁止、建議」的句型，理解日常生活當中各種指示的說法。

本文 🔊 09

わたしは　こうかんりゅうがくせいです。

いま　がっこうの　りょうに　すんで　います。

がっこうの　じゅぎょうじかんは　くじから　よじまでです。

まいあさ　しちじに　おきなければ　なりません。

やすみの　ひには　そんなに　はやく　おきなくても　いいです。

はちじはんに　りょうを　でなければ　なりません。

がっこうまで　バスで　やく　じゅっぷんです。

あるいても　いいです。

じてんしゃに　のっても　かまいません。

じゅぎょうちゅう　せんせいは　わたしたちに　いつも

「しつもんしても　いいです。

さわいでは　いけません。

しずかに　して　ください。

ひとに　めいわくを　かけないで　ください」と、いいます。

ひるやすみは　いちじかん　あります。

ほうかご　すぐ　りょうに　かえらなくても　いいです。

たまに　ちかくの　カフェで　クラスメートと　おしゃべりします。

けれども　おおやけの　ばで　おおきい　こえで　はなさない　ほうが

いいです。

りょうせいかつには　いろいろな　ルールが　あります。

たとえば　へやの　なかで　ペットを　かっては　いけません。

よるは　じぶんの　へやで　なにを　しても　いいです。

しかし　テレビなどの　おとを　ちいさく　した　ほうが　いいです。

　私は　交換留学生です。今　学校の　寮に　住んで　います。学校の
授業時間は　9時から　4時までです。毎朝　7時に　起きなければ　な
りません。休みの　日には　そんなに　早く　起きなくても　いいです。
8時半に　寮を　出なければ　なりません。学校まで　バスで　約　10
分です。歩いても　いいです。自転車に　乗っても　かまいません。

　授業中　先生は　私たちに　いつも　「質問しても　いいです。騒い
では　いけません。静かに　して　ください。人に　迷惑を　かけないで
ください」と、言います。

31

昼休みは　1時間　あります。放課後　すぐ　寮に　帰らなくても　いいです。たまに　近くの　カフェで　クラスメートと　おしゃべりします。けれども　公の　場で　大きい　声で　話さない　ほうが　いいです。寮生活には　色々な　ルールが　あります。例えば　部屋の　中でペットを　飼っては　いけません。夜は　自分の　部屋で　何を　してもいいです。しかし　テレビなどの　音を　小さく　した　ほうが　いいです。

 # 文型 🔊10

❶ 動詞ない形 活用變化

- 第一類動詞

- 誘う→誘わ　ないで
　　　　誘わ　なくても
　　　　誘わ　なければ

- 書く→書か　ないで
　　　　書か　なくても
　　　　書か　なければ

- 直す→直さ　ないで
　　　　直さ　なくても
　　　　直さ　なければ

- 持つ→持た　ないで
　　　　持た　なくても
　　　　持た　なければ

- 遊ぶ→遊ば　ないで
　　　　遊ば　なくても
　　　　遊ば　なければ

- 飲む→飲ま　ないで
　　　　飲ま　なくても
　　　　飲ま　なければ

- 乗る→乗ら　ないで
　　　　乗ら　なくても
　　　　乗ら　なければ

- 泳ぐ→泳が　ないで
　　　　泳が　なくても
　　　　泳が　なければ

・死ぬ→死な　ないで
　　　　死な　なくても
　　　　死な　なければ

• 第二類動詞

・降りる→降り　ないで
　　　　　降り　なくても
　　　　　降り　なければ

・見る→見　ないで
　　　　見　なくても
　　　　見　なければ

・食べる→食べ　ないで
　　　　　食べ　なくても
　　　　　食べ　なければ

・勧める→勧め　ないで
　　　　　勧め　なくても
　　　　　勧め　なければ

• 第三類動詞

・する→し　ないで
　　　　し　なくても
　　　　し　なければ

・解決する→解決し　ないで
　　　　　　解決し　なくても
　　　　　　解決し　なければ

・メモする→メモし　ないで
　　　　　　メモし　なくても
　　　　　　メモし　なければ

・くる→こ　ないで
　　　　こ　なくても
　　　　こ　なければ

❷ 動詞て形＋も／は 活用變化

- **第一類動詞**

  - 使う→使っ　ても
    使っ　ては
  - 聞く→聞い　ても
    聞い　ては
  - 出す→出し　ても
    出し　ては
  - 持つ→持っ　ても
    持っ　ては
  - 死ぬ→死ん　でも
    死ん　では

  - 転ぶ→転ん　でも
    転ん　では
  - 読む→読ん　でも
    読ん　では
  - 座る→座っ　ても
    座っ　ては
  - 騒ぐ→騒い　でも
    騒い　では
  - ＊行く→行っ　ても
    行っ　ては

- **第二類動詞**

  - 降りる→降り　ても
    降り　ては

  - 忘れる→忘れ　ても
    忘れ　ては

- **第三類動詞**

  - する→し　ても
    し　ては
  - 解決する→解決し　ても
    解決し　ては
  - メモする→メモし　ても
    メモし　ては

  - くる→き　ても
    き　ては

❸ 動詞た形 活用變化

- 第一類動詞

  - 言う→言っ　た
  - 飼う→飼っ　た
  - 書く→書い　た
  - 穿く→穿い　た
  - 出す→出し　た
  - 直す→直し　た
  - 持つ→持っ　た
  - 死ぬ→死ん　だ

  - 遊ぶ→遊ん　だ
  - 呼ぶ→呼ん　だ
  - 飲む→飲ん　だ
  - 読む→読ん　だ
  - 座る→座っ　た
  - 取る→取っ　た
  - 泳ぐ→泳い　だ
  - ＊行く→行っ　た

- 第二類動詞

  - 降りる→降り　た
  - 晴れる→晴れ　た

- 第三類動詞

  - する→し　た
  - 解決する→解決し　た
  - メモする→メモし　た

  - くる→き　た

❹ ～てください 請…

① クラスでは　日本語で　話して　ください。

② なるべく　日本映画を　見て　ください。

③ 毎日　クラスに　来て　ください。

④ 毎晩　家で　宿題を　して　ください。

❺ ～ないでください 請不要…

① 教室の中で　ジュースを　飲まないで　ください。

② 明日　レポートを　忘れないで　ください。

③ 週末は　アルバイトに　来ないで　ください。

④ あまり　試験を　しないで　ください。

❻ ～てもいいです …也可以

① 鉛筆を　使っても　いいです。

② この手紙は　捨てても　いいです。

③ 友達と　一緒に　パーティーに　来ても　いいです。

④ 教室で　昼寝を　しても　いいです。

❼ ～てもいいです／～でもいいです …也可以

① 子供は　パソコンで　遊んでも　いいです。

② 辞書は　少し　大きくても　いいです。

③ 料理は　簡単でも　いいです。

④ 支払いは　クレジットカードでも　いいです。

❽ ～てはいけません 不行…

① 生徒は　タバコを　吸っては　いけません。

② あまり　食べ過ぎては　いけません。

③ ここに　二度と　来ては　いけません。

④ 試験の　時は　カンニングを　しては　いけません。

❾ 〜なければなりません 必須…

① もう 仕事に 行かなければ なりません。
　　　しごと　い

② ここで バスを 降りなければ なりません。
　　　　　　　　お

③ 今週 土曜日に 学校に 来なければ なりません。
　こんしゅう　どようび　　がっこう　こ

④ 生徒は 一生懸命に 勉強しなければ なりません。
　せいと　いっしょうけんめい　べんきょう

❿ 〜なくてもいいです 不用…也可以

① 今度 彼女を 誘わなくても いいです。
　こんど　かのじょ　さそ

② 無理に 人に お酒を 勧めなくても いいです。
　むり　ひと　さけ　すす

③ 日曜日には 会社に 来なくても いいです。
　にちようび　かいしゃ　こ

④ 今日は ネクタイを しなくても いいです。
　きょう

⓫ 〜たほうがいいです 最好…

① 宿題は きちんと 出した ほうが いいです。
　しゅくだい　　　　だ

② いやな ことは 早く 忘れた ほうが いいです。
　　　　　　　はや　わす

③ 大都会より 田舎に 来た ほうが いいです。
　だいとかい　いなか　き

④ 今日中に この問題を 解決した ほうが いいです。
　きょうじゅう　もんだい　かいけつ

⓬ 〜ないほうがいいです 最好不要…

① あの人に 仕事を 頼まない ほうが いいです。
　ひと　しごと　たの

② つまらない 映画は 見ない ほうが いいです。
　　　　えいが　み

③ ここに マンガを 借りに 来ない ほうが いいです。
　　　　　　　か　こ

④ そこで 買い物を しない ほうが いいです。
　　　か　もの

ドリル

穴埋め

1. 学校 _____ 自転車 _____ 乗っ _____ いいです。

2. 他人の　レポート _____ コピーし _____ いけません。

3. クラスメートと　仲良く　し _____ なりません。

4. 母は　いつも「よく　頑張って　ください」_____、言います。

5. あの時　彼女 _____ 結婚した _____ よかったです。

短文

1. しかし

→

2. かまいません

→

3. なければなりません

→

4. でなければなりません

→

5. ないほうがいいです

→

翻訳

1. 在教室不要喧譁。

→

2. 小孩子不可以抽煙。

→

3. 今天可以早點回家看連續劇（連続ドラマ）。
   れんぞく

→

4. 司機（運転手）應該遵守交通規則（交通ルール）。
   うんてんしゅ　　　　　　　　　　　　こうつう

→

5. 病患（患者）最好戒酒。
   かんじゃ

→

- メモ -

応用会話 🔊11

いしゃ　：どうぞ、そこに　すわって　ください。

かんじゃ：のどが　いたいです。

いしゃ　：かぜです。はやく　ねたほうが　いいです。

かんじゃ：はい、わかりました。

医者：どうぞ、そこに　座って　ください。

患者：のどが　痛いです。

医者：風邪です。早く　寝たほうが　いいです。

患者：はい、わかりました。

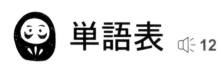 **単語表** 🔊 12

使用語彙

1. すむ 1	[N がN に 住む] ＜ I ＞	居住
（すみます・すんで）		
2. やく 1	[約]	大約
3. あるく 2	[N がN を 歩く] ＜ I ＞	走路；走在（某場所）
（あるきます・あるいて）		
4. かまう 2	[構う] ＜ I ＞	有關係
（かまいます・かまって）		
5. さわぐ 2	[N が 騒ぐ] ＜ I ＞	吵鬧
（さわぎます・さわいで）		
6. めいわく 1 をかける 2	[N がN に 迷惑を掛ける] ＜Ⅱ＞	打擾；添麻煩
（めいわくをかけます・めいわくをかけて）		
7. ほうかご 0	[放課後]	下課後
8. ちかく 1	[近く]	附近
9. おおやけ 0	[公]	公開；公共
10. ば 0	[場]	場所
11. こえ 1	[声]	（生物的）聲音
12. ルール 1	[rule]	規則
13. たとえば 2	[例えば]	例如
14. ペット 1	[pet]	寵物
15. かう 1	[N がN を 飼う] ＜ I ＞	飼養
（かいます・かって）		
16. じぶん 0	[自分]	自己
17. しかし 2		但是
18. おと 2	[音]	（無生物的）聲音
19. さそう 0	[N がN にN を 誘う] ＜ I ＞	邀請
（さそいます・さそって）		

20. なおす₂ （なおします・なおして）	[NがNを**直す**] ＜Ⅰ＞	修理；修改
21. おりる₂ （おります・おりて）	[NがNを**降りる**] ＜Ⅱ＞	下（車、樓梯）
22. すすめる₀ （すすめます・すすめて）	[NがNにNを**勧める**] ＜Ⅱ＞	勸
23. かいけつする₀ （かいけつします・かいけつして）	[NがNを**解決する**] ＜Ⅲ＞	解決
24. ころぶ₀ （ころびます・ころんで）	[Nが**転ぶ**] ＜Ⅰ＞	跌倒
25. すわる₀ （すわります・すわって）	[NがNに**座る**] ＜Ⅰ＞	坐
26. よぶ₀ （よびます・よんで）	[NがNを**呼ぶ**] ＜Ⅰ＞	呼喊；叫
27. なるべく₀		儘量
28. まいにち₁	[毎日]	每天
29. しゅくだい₀	[宿題]	作業
30. レポート₂	[report]	報告
31. アルバイト₃	[德 Arbeit]	打工
32. すてる₀ （すてます・すてて）	[NがNを**捨てる**] ＜Ⅱ＞	捨棄
33. ひるね₀	[昼寝]	午睡
34. かんたん（な）₀	[Nが簡単（な）]	簡單的
35. しはらい₀	[支払い]	付款
36. クレジットカード₆	[credit card]	信用卡
37. タバコ₀	[葡 tabaco]	香菸
38. すう₀ （すいます・すって）	[NがNを**吸う**] ＜Ⅰ＞	吸
39. たべすぎる₄ （たべすぎます・たべすぎて）	[NがNを**食べ過ぎる**] ＜Ⅱ＞	吃過量

40. にど $_2$	［二度］	第二次；再
41. カンニング $_0$	［cunning］	作弊
42. いっしょうけんめい $_5$	［一生懸命］	拼命地
43. こんど $_1$	［今度］	這次；下一次
44. むりに $_1$	［無理に］	勉強地
45. ネクタイ $_1$	［necktie］	領帶
46. きちんと $_2$		好好地；準時地
47. いや（な）$_2$	［N が 嫌（な）］	討厭的
48. だいとかい $_3$	［大都会］	大都市
49. きょうじゅう $_0$	［今日中］	今天以內
50. もんだい $_0$	［問題］	問題
51. かいもの $_0$	［買い物］	購物
52. たにん $_0$	［他人］	他人
53. コピーする $_1$	［N が N を copy する］＜Ⅲ＞	影印
（コピーします・コピーして）		
54. なかよくする $_1$	［N が N と 仲良くする］＜Ⅲ＞	與人相好
（なかよくします・なかよくして）		
55. がんばる $_3$	［N が N に 頑張る］＜Ⅰ＞	努力（於某事）；加油
（がんばります・がんばって）		
56. れんぞくドラマ $_5$	［連続 drama］	連續劇
57. うんてんしゅ $_3$	［運転手］	司機
58. こうつうルール $_5$	［交通 rule］	交通規則
59. かんじゃ $_0$	［患者］	病患
60. いしゃ $_0$	［医者］	醫生
61. のど $_1$	［喉］	喉嚨
62. いたい $_2$	［N が 痛い］	疼痛的

台日校園生活有何不同

　　說到日本的校園生活，很多人會想到進校門要換成室內鞋，或是女學生在冬天仍穿著短裙。實際上，台日學校生活還有更多不一樣的小地方。

1. 上課時間：日本高中上課時間多從早上 9 點到下午 4 點左右，通常為上午四堂課，下午兩堂課，一堂課約 50 分鐘。放學後有些學生會參加社團活動。

2. 午睡：日本沒有強制午睡的規定，大多吃完午餐後就接著上課，因此日本學生聽到台灣能午睡時，反而感到很羨慕。

3. 制服、書包的價錢：在日本，不論是「**セーラー服**（水手服）」或「**ブレザー制服**（西式制服）」，一套制服的價錢約為日幣 3 萬圓，而小學生背的「**ランドセル**（硬式雙肩書包）」為日幣 2～7 萬圓，基本上是祖父母送給孫子的入學賀禮。

諺

果報は　寝て　待て。
かほう　　ね　　ま

有福之人不用忙。

工場見学

　　無論台灣或日本，都有各式各樣的觀光工廠開放個人以及團體參觀，主題從汽車到飲料、糕點等十分豐富，讓參觀者可以邊玩邊吸收新知。透過本課文章，我們將學習動詞「て形」的相關句型，以及「變化」的說法。

 # 本文 🔊 13

きょうは　こうじょうけんがくの　ひです。

わたしは　けさ　はやく　おきて、がっこうに　いきました。

クラスメートは　やくそくの　くじに　がっこうの　うんどうじょうに

あつまって、おおがたかんこうバスに　のりました。

バスの　なかは　にぎやかでした。

みんなが　おやつと　おべんとうを　たべながら、べんきょうの　ことや

ファッションの　ことを　はなして　いました。

ごご　いちじすぎに　とうきょうこうがいの　さいたまこうじょうに　つ

きました。

そのとき　こうじょうちょうは　せいもんに　むかえに　きて　いまし

た。

わたしたちは　よろこんで、たんとうしゃに　あんないを　たのみまし

た。

そして　ヘルメットを　かぶってから、げんばに　はいりました。

このこうじょうは　いつつの　ぶもんに　わかれて、じどうしゃや　バス

などを　つくって　います。

ほかに　さいしんの　せんたんぎじゅつを　どうにゅうしながら、ロボッ

トの　かいはつに　とりくんで　います。

わたしたちは　ごご　さんじごろ

「きょうは　ほんとうに　いい　べんきょうに　なりました。
どうも　ありがとう　ございました」と、こうじょうの　ひとびとに　お
れいを　いってから、かえりました。

　　今日は　工場見学の　日です。私は　今朝　早く　起きて、学校に
行きました。クラスメートは　約束の　9時に　学校の　運動場に　集
まって、大型観光バスに　乗りました。バスの　中は　にぎやかでした。
みんなが　おやつと　お弁当を　食べながら、勉強の　ことや　ファッ
ションのことを　話して　いました。

　　午後　1時過ぎに　東京郊外の　埼玉工場に　着きました。そのとき
工場長は　正門に　迎えに　来て　いました。私たちは　喜んで、担当
者に　案内を　頼みました。そして　ヘルメットを　被ってから、現場に
入りました。この工場は　5つの　部門に　分かれて、自動車や　バスな
どを　作って　います。ほかに　最新の　先端技術を　導入しながら、
ロボットの　開発に　取り組んで　います。

　　私たちは　午後　3時ごろ　「今日は　本当に　いい勉強に　なりま
した。どうも　ありがとう　ございました」と、工場の　人々に　お礼
を　言ってから、帰りました。

 文型 🔊 14

❶ ～て、～ 表示動作順序

① 彼女は 転んで、膝に けがを しました。
　　かのじょ　ころ　　　ひざ

② 両親は 最近 船に 乗って、旅行して います。
　　りょうしん　さいきん　ふね　の　　　りょこう

③ ビールを 買って、飲みましょう。
　　　　　　か　　　の

④ 封筒に 切手を 貼って、郵便局に 出して ください。
　　ふうとう　きって　は　　　ゆうびんきょく　だ

❷ ～てから、～ …之後…（表示動作順序）

① 彼は 会社で 働いてから、お金を たくさん 貯めました。
　　かれ　かいしゃ　はたら　　　　かね　　　　　　た

② 私は 高校に 入ってから、日本語を 勉強したいです。
　　わたし　こうこう　はい　　　にほんご　べんきょう

③ 昨日は テレビを 見てから、すぐ 寝ました。
　　きのう　　　　　み　　　　　　ね

④ 今晩は 買い物を してから、帰ります。
　　こんばん　か　もの　　　　　かえ

❸ ～ないで、～ 不…而…

① 妹が 泣かないで、姉が 泣きました。

② 彼は 午後 家に 帰らないで、喫茶店に 行きました。

③ 弟は 宿題を しないで、マンガを 見て います。

④ あの人は お金を 払わないで、店を 出ました。

❹ ～ながら、～ 一邊…一邊…

① 大勢の 人が 笑いながら、その映画を 見て いました。

② 歌手が 歌いながら、踊りました。

③ 運転手は ラジオを 聞きながら、車を 運転して いました。

④ 弟は 中国語を 日本語に 訳しながら、作文を 書きます。

❺ ～になりました 表示變化結果（名詞、な形容詞）

① 彼女は 医者に なりました。

② 弟は 大学生に なりました。

③ 山田さんは とても きれいに なりました。

④ この辺りは 最近 静かに なりました。

❻ ～くなりました 表示變化結果（い形容詞）

① 景気が よく なりました。

② 成績が 悪く なりました。

③ 子供は 大きく なりました。

④ 父は この頃 うるさく なりました。

❼ そして～　　　然後…（表示動作順序）

　→ ～て、～　表示動作順序

例 彼女は　友達に　会いました。

　　そして　お茶を　飲みました。

→ 彼女は　友達に　会って、お茶を　飲みました。

① 彼は　朝ご飯を　食べました。

　　そして　新聞を　読みました。

→

② 私は　歯を　磨きました。

　　そして　顔を　洗いました。

→

③ 斎藤さんは　家に　帰りました。

　　そして　お風呂に　入りました。

→

❽ それから～　　　　然後…（表示動作順序）

　→ ～てから、～　…之後…（表示動作順序）

例 彼女は　ＣＤを　聞きました。

　　それから　日本語を　勉強しました。

→ 彼女は　ＣＤを　聞いてから、日本語を　勉強しました。

① 花子さんは　芝居を　見ました。

　　それから　家に　帰りました。

→

② 陳さんは　お弁当を　食べました。

　　それから　少し　散歩を　しました。

→

③ 私たちは　歌いました。

　　それから　踊りました。

→

---

❾ だから〜　　所以…（表示原因、理由）
**　→ 〜て、〜 → 表示原因、理由**

例 弟 は　風邪を　引きました。だから　学校を　休みました。

→ 弟 は　風邪を　引いて、学校を　休みました。

① 彼は　熱を　出しました。だから　病院に　行きました。

→

② 私は　のどが　渇きました。だから　水を　たくさん　飲みました。

→

③ 兄は　試験が　あります。だから　一生懸命に　勉強して　います。

→

---

❿ 〜て、〜 動詞て形的副詞用法

例 彼は　病院に　行きました。／急ぐ

→ 彼は　急いで、病院に　行きました。

① 林さんは　宿題を　しました。／頑張る

→

② 弟 は　部屋を　きれいに　しました。／慌てる

→

③ みんなが　彼に　お金を　貸しました。／喜ぶ

→

ドリル

穴埋め

1. 午後　3時に　いつも　おやつを＿＿＿＿＿＿＿（食べる）、友達と　お茶を
　飲みました。

2. 彼女は　けがを＿＿＿＿＿＿＿（する）、薬を　飲みました。

3. 木村さんは＿＿＿＿＿＿＿（急ぐ）、会社に行きました。

4. 兄は　大学に＿＿＿＿＿＿＿（入る）、3年に　なります。

5. 日本語が　なかなか＿＿＿＿＿＿＿（上手）なりません。

短文

例（友達を　呼びました）＋（ご馳走を　しました）

→友達を　呼んで、ご馳走を　しました。

1.（戦争が　終わりました）＋（もう　75　年に　なりました）

→

2.（よく　辞書を　引きました）＋（日本語を　勉強しました）

→

3.（お金が　ありませんでした）＋（買い物を　しませんでした）

→

4.（テレビを　見ました）＋（ご飯を　食べました）

→

5.（手を　洗いませんでした）＋（ご飯を　食べました）

→

翻訳

1. 愛子小姐經常不吃早餐就去學校。

→

2. 我進入高中已經兩年了。

→

3. 哥哥坐在椅子上看電視。

→

4. 最近的學生都邊做什麼邊看書呢？

→

5. 不可以邊看電視邊吃飯。

→

 # 応用会話 🔊 15

おう　：ふるたさん、このごろ　きんようびの　じゅぎょうが　おわって
　　　　から、すぐ　としょかんに　かよって　いますね。

ふるた：ええ、さいきん　レポートの　ことを　かんがえながら、しりょ
　　　　うを　あつめて　います。

おう　：レポートは　かなり　たいへんでしょう。

ふるた：ええ、だから　まいしゅうの　きんようびに　ごぜんちゅうは
　　　　じゅぎょうにでて、ごごは　としょかんで　レポートに　とりく
　　　　みます。

王　：古田さん、この頃　金曜日の　授業が　終わってから、すぐ　図書館に　通って　いますね。

古田：ええ、最近　レポートの　ことを　考えながら、資料を　集めて　います。

王　：レポートは　かなり　大変でしょう。

古田：ええ、だから　毎週の　金曜日に　午前中は　授業に出て、午後は　図書館で　レポートに　取り組みます。

－ メモ －

単語表 🔊 16

使用語彙

1. こうじょうけんがく₅	[工場見学]	參觀工廠
2. やくそく₀	[約束]	約定
3. あつまる₃	[NがNに集まる]＜Ⅰ＞	集合，聚集
（あつまります・あつまって）		
4. おおがた₀	[大型]	大型
5. かんこうバス₅	[観光 bus]	遊覽車；觀光巴士
6. おやつ₂		小點心
7. おべんとう₀	[お弁当]	便當
8. ファッション₁	[fashion]	流行，時尚
9. こうがい₁	[郊外]	郊外
10. こうじょうちょう₃	[工場長]	廠長
11. むかえる₀	[NがNを迎える]＜Ⅱ＞	迎接
（むかえます・むかえて）		
12. よろこぶ₃	[NがNを喜ぶ]＜Ⅰ＞	為某事高興
（よろこびます・よろこんで）		
13. たんとうしゃ₃	[担当者]	負責人
14. ヘルメット₁	[helmet]	安全帽；鋼盔
15. げんば₀	[現場]	現場
16. ぶもん₁	[部門]	部門
17. わかれる₃	[NがNに分かれる]＜Ⅱ＞	劃分為
（わかれます・わかれて）		
18. じどうしゃ₂	[自動車]	汽車
19. さいしん₀	[最新]	最新
20. せんたんぎじゅつ₅	[先端技術]	尖端技術
21. どうにゅうする₀	[NがNを導入する]＜Ⅲ＞	引進
（どうにゅうします・どうにゅうして）		

22. ロボット 1 [robot] 機器人

23. かいはつ 0 [開発] 開發

24. とりくむ 3 [NがNに取り組む] ＜Ⅰ＞ 致力於
（とりくみます・とりくんで）

25. ほんとうに 0 [本当に] 真正地

26. なる 1 [NがNになる] ＜Ⅰ＞ 變成
（なります・なって）

27. ひとびと 2 [人々] 人人

28. おれい 0 をいう 0 [NがNにお礼を言う] ＜Ⅰ＞ 道謝
（おれいをいいます・おれいをいって）

29. ひざ 0 [膝] 膝蓋

30. けが 2 をする 0 [NがNに怪我をする] ＜Ⅲ＞ 受傷
（けがをします・けがをして）

31. ふね 1 [船] 船

32. ビール 1 [荷 bier] 啤酒

33. ふうとう 0 [封筒] 信封

34. きって 0 [切手] 郵票

35. ためる 0 [NがNを貯める] ＜Ⅱ＞ 儲存
（ためます・ためて）

36. なく 0 [Nが泣く] ＜Ⅰ＞ 哭泣
（なきます・ないて）

37. はらう 2 [NがNにNを払う] ＜Ⅰ＞ 付款
（はらいます・はらって）

38. わらう 0 [Nが笑う] ＜Ⅰ＞ 笑
（わらいます・わらって）

39. うたう 0 [Nが歌う] ＜Ⅰ＞ 唱歌
（うたいます・うたって）

40. おどる 0 [Nが踊る] ＜Ⅰ＞ 跳舞
（おどります・おどって）

41. ラジオ 1 [radio] 廣播

42. うんてんする。　　　　　　　[NがNを運転する] <Ⅲ>　　　　開車
　　（うんてんします・うんてんして）

43. やくす₂　　　　　　　　　　[NがNをNに訳す] <Ⅰ>　　　　翻譯
　　（やくします・やくして）

44. けいき₀　　　　　　　　　　[景気]　　　　　　　　　　　　景氣

45. せいせき₀　　　　　　　　　[成績]　　　　　　　　　　　　成績

46. うるさい₃　　　　　　　　　[Nがうるさい]　　　　　　　　囉嗦的

47. は₁　　　　　　　　　　　　[歯]　　　　　　　　　　　　　牙齒

48. みがく₀　　　　　　　　　　[NがNを磨く] <Ⅰ>　　　　　刷（牙）；擦（鞋）
　　（みがきます・みがいて）

49. かお₀　　　　　　　　　　　[顔]　　　　　　　　　　　　　面孔

50. あらう₀　　　　　　　　　　[NがNを洗う] <Ⅰ>　　　　　洗
　　（あらいます・あらって）

51. おふろ₂にはいる₁　　　　　[Nがお風呂に入る] <Ⅰ>　　洗澡
　　（おふろにはいります・おふろにはいって）

52. それから₀　　　　　　　　　　　　　　　　　　　　　　　然後

53. ねつ₂をだす₁　　　　　　　[Nが熱を出す] <Ⅰ>　　　　發燒
　　（ねつをだします・ねつをだして）

54. かわく₂　　　　　　　　　　[Nが渇く] <Ⅰ>　　　　　　口渴
　　（かわきます・かわいて）

55. いそぐ₂　　　　　　　　　　[Nが急ぐ] <Ⅰ>　　　　　　急於
　　（いそぎます・いそいで）

56. あわてる₀　　　　　　　　　[Nが慌てる] <Ⅱ>　　　　　慌忙，慌張
　　（あわてます・あわてて）

57. くすり₀　　　　　　　　　　[薬]　　　　　　　　　　　　　藥物

58. ごちそう₀をする₀　　　　　[NがNをご馳走をする] <Ⅲ>　（我）請客
　　（ごちそうをします・ごちそうをして）

59. じしょ₁をひく₀　　　　　　[Nが辞書を引く] <Ⅰ>　　　　查字典
　　（じしょをひきます・じしょをひいて）

60. か<u>よう</u> 0 　　　　　　　[_{NがNに}**通う**] ＜Ⅰ＞ 　　　去，上（圖書館等）
　　（かよいます・かよって）

61. か<u>んがえる</u> 4 　　　　　　[_{NがNを}**考える**] ＜Ⅱ＞ 　　　思考
　　（かんがえます・かんがえて）

62. <u>し</u>りょう 1 　　　　　　　[資料] 　　　　　　　　資料

63. あ<u>つめる</u> 3 　　　　　　　[_{NがNを}**集める**] ＜Ⅱ＞ 　　　收集
　　（あつめます・あつめて）

64. <u>かなり</u> 1 　　　　　　　　　　　　　　　　　　相當地

65. た<u>いへん（な）</u> 0 　　　　[_{Nが}**大変（な）**] 　　　棘手，麻煩

理解語彙

1. <u>さいたま</u> 1 　　　　　　　[埼玉] 　　　　　　　埼玉（日本地名）
2. <u>ふ</u>るた 1 　　　　　　　　[古田] 　　　　　　　古田（姓氏）

－ メモ －

日本的校外教學和畢業旅行

　　除了平時課堂上的學習之外，日本的學校也會舉辦各式各樣的「校外学習（校外教學）」，可分成當日來回的活動，以及二至四天的過夜行程。例如由老師帶領學生前往公園，實際接觸及認識大自然，或是參訪動物園、水族館、美術館、博物館等設施和名勝古蹟，藉此學習新知識，還有參觀工廠和公司，進行職場體驗，了解工作的辛苦與樂趣等。如果是過夜的校外教學，則會跨縣市移動到較遠的地方，進行登山、滑雪等戶外活動，不僅增強體魄，也可以增進友誼。

　　此外，「修学旅行（修學旅行）」也是日本的重要學校活動之一，類似台灣國小到高中的畢業旅行，由校方主辦，京都、奈良、東京、沖繩等地方是日本國內的熱門目的地。近年也有學校選擇到國外進行修學旅行，台灣正是熱門目的地之一，因此在各大知名景點可看到日本學生的身影。而經常與「修学旅行」混淆的「卒業旅行」則是由學生自發性舉辦，因此參與人員不包含老師，而是與好友一同出遊，以旅行作為畢業的紀念。

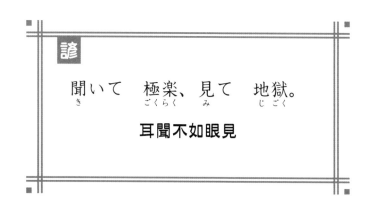

 - メモ -

スポーツ

　　運動的種類五花八門，有慢跑、棒球、籃球、排球、桌球和游泳等等，你有擅長或是喜歡的運動嗎？讓我們來看看星期六的運動場上，人們都在從事哪些運動項目吧！透過本課文章，也將學習以子句修飾名詞的句型。

本文 🔊 17

どようびの　ごごです。

むかし　こうじょうだった　がっこうの　うんどうじょうに　いま　おおぜいの　ひとが　あつまって　います。

なかよく　あそんで　いる　せいとたちも　います。

いっしょうけんめいに　キャッチボールを　れんしゅうして　いる　がくせいも　います。

しあいで　がんばって　いる　バスケットボールの　チームの　こえも　きこえます。

やせた　せんしゅも　ふとった　せんしゅも　はりきって　います。

スコアを　つける　コーチも　あちこち　げんきに　うごきまわって　います。

じょうはんしんが　はだかの　マラソンせんしゅの　すがたも　みえます。

たいりょくが　つよい　せんしゅは　もうれつな　いきおいで　ゴールを　めざして　います。

たいりょくが　よわい　せんしゅは　そんなに　はやくは　はしって　いません。

さいきん　りょうの　ちかくにも　あたらしい　たいいくかんが　できました。

だから　おおくの　ひとが　スポーツを　たのしんで　います。

じぶんの　スタイルが　あまり　きに　いらない　わたしは　しゅうに　いっかい　たいいくかんの　テニスきょうしつに　かよいはじめました。そのほかに　よく　ともだちを　さそって、がっこうの　うんどうじょうで　スポーツを　して　います。

土曜日の　午後です。昔　工場だった　学校の　運動場に　今　大勢の　人が　集まって　います。仲良く　遊んで　いる　生徒たちも　います。一生懸命に　キャッチボールを　練習して　いる　学生も　います。試合で　頑張って　いる　バスケットボールの　チームの　声も　聞こえます。痩せた　選手も　太った　選手も　張り切って　います。スコアを　付ける　コーチも　あちこち　元気に　動き回って　います。上半身が　裸の　マラソン選手の　姿も　見えます。体力が　強い　選手は　猛烈な　勢いで　ゴールを　目指して　います。体力が　弱い　選手は　そんなに　早くは　走って　いません。

最近　寮の　近くにも　新しい　体育館が　できました。だから　多くの　人が　スポーツを　楽しんで　います。自分の　スタイルが　あまり　気に　入らない　私は　週に　一回　体育館の　テニス教室に　通い始めました。そのほかに　よく　友達を　誘って、学校の　運動場で　スポーツを　して　います。

文型 🔊 18

❶ 修飾名詞　動詞辭書形＋名詞

> 遊びます → 遊ぶ＋名詞
>
> 答えます → 答える＋名詞
>
> 抱きます → 抱く＋名詞
>
> します → する＋名詞

① ［遊ぶ］子供は　隣の　子です。
　　あそ　　こども　　となり　こ

② ［いつも　質問に　答える］先生は　熱心です。
　　　　　しつもん　こた　　　せんせい　ねっしん

③ ［子供を　抱く］母親は　やさしいです。
　　こども　だ　ははおや

④ ［朝　ジョギングする］人は　多いです。
　　あさ　　　　　　　　ひと　おお

❷ 修飾名詞　動詞た形＋名詞

> 乗りました → 乗った＋名詞
>
> 勉強しました → 勉強した＋名詞
>
> 教えました → 教えた＋名詞

① ［外国人が　乗った］観光バスは　台湾製です。
　　がいこくじん　の　かんこう　　　たいわんせい

② ［受験生が　勉強した］本は　簡単でした。
　　じゅけんせい　べんきょう　ほん　かんたん

③ ［先生が　教えた］日本語は　そんなに　難しくないです。
　　せんせい　おし　にほんご　　　　　　むずか

④ ［先生が　日本語を　教えた］一年生は　みんな　利口です。
　　せんせい　にほんご　おし　　いちねんせい　　　　りこう

❸ 修飾名詞　〜ている＋名詞

泣いています → 泣いている＋名詞

出ています → 出ている＋名詞

撮っています → 撮っている＋名詞

書いています → 書いている＋名詞

① [泣いて　いる] のは　張さんの　子供ではありません。

② [会社に　出て　いる] サラリーマンは　楽ではないでしょう。

③ [写真を　撮って　いる] 観光客は　少なくないです。

④ [友達に　手紙を　書いて　いる] 鈴木さんは　パソコンを　あまり　知りません。

❹ 修飾名詞　〜ていた＋名詞

起きていました → 起きていた＋名詞

勤めていました → 勤めていた＋名詞

していました → していた＋名詞

忘れていました → 忘れていた＋名詞

① [昨日　夜遅くまで　起きて　いた] 人は　誰ですか。

② [A会社に　勤めて　いた] 彼女は　今　B工場で　働いて　います。

③ [去年まで　会社員を　して　いた] 中村さんは　今　作業員に　なりました。

④ [ここに　かばんを　忘れて　いた] のは　陳さんでしょう。

❺ 修飾名詞　動詞否定形＋名詞

倒れません → 倒れない＋名詞

帰りません → 帰らない＋名詞

付きません → 付かない＋名詞

換えません → 換えない＋名詞

① ［台風で　倒れない］家は　丈夫です。

② ［夜　家に　帰らない］人は　よくないです。

③ ［嘘を　つかない］彼は　まじめな　人です。

④ ［日本円を　ドルに　換えない］観光客は　クレジットカードで　買い物します。

❻ 修飾名詞　動詞過去否定形＋名詞

寝ませんでした → 寝なかった＋名詞

間に合いませんでした → 間に合わなかった＋名詞

しませんでした → しなかった＋名詞

返しませんでした → 返さなかった＋名詞

① ［ゆうべ　寝なかった］生徒は　何人も　います。

② ［電車に　間に合わなかった］人が　会社に　遅れました。

③ ［部屋を　きれいに　しなかった］人は　彼です。

④ ［銀行に　お金を　返さなかった］会社の　多くが　倒産して　います。

❼ 修飾名詞　〜ていない＋名詞

泣いていません→泣いていない＋名詞

来ていません→来ていない＋名詞

飼っていません→飼っていない＋名詞

出していません→出していない＋名詞

① [泣いて　いない]　人は　誰ですか。

② [会議に　来て　いない]　二人は　病気で　会社を　休んで　います。

③ [ペットを　飼って　いない]　人は　あまり　いません。

④ [レポートを　まだ　出して　いない]　生徒は　何人も　います。

❽ 修飾名詞　い形容詞＋名詞

おいしいです → おいしい＋名詞

酸っぱくないです → 酸っぱくない＋名詞

赤かったです → 赤かった＋名詞

安くなかったです → 安くなかった＋名詞

① [おいしい]　料理は　何でしょうか。

② [酸っぱくない]　梅は　口当たりが　よくないです。

③ [色が　赤かった]　服は　白く　なりました。

④ [値段が　安くなかった]　パソコンは　今　簡単に　手に　入ります。

❾ 修飾名詞　名詞＋名詞

大都会です → 大都会の（＝である）＋名詞

歌手でした → 歌手だった＋名詞

連休ではありません → 連休ではない＋名詞

母親ではありませんでした → 母親ではなかった＋名詞

① ［大都会の］　台北は　盆地です。
② ［歌手だった］　彼女は　日本語が　とても　上手です。
③ ［連休ではない］　遊園地は　客が　少ないです。
④ ［母親ではなかった］　彼女は　今　やさしく　なりました。

❿ 修飾名詞　な形容詞＋名詞

きれいです → きれいな（＝である）＋名詞

有名でした → 有名だった＋名詞

好きではありません → 好きではない＋名詞

真剣ではありませんでした → 真剣ではなかった＋名詞

① ［顔が　きれいな］　女の子は　誰でも　好きです。
② ［有名だった］　この店は　最近　倒産しました。
③ ［歌が　好きではない］彼女は　スポーツが　趣味です。
④ ［日本語に　真剣ではなかった］　本田さんは　今　一生懸命に　取り組んで　います。

 ドリル

穴埋め

1. 台湾には　台湾語を　全然＿＿＿＿＿＿（知りません）人が　たくさん　います。

2. 作業員＿＿＿＿＿＿（でした）彼は　今　社長を　して　います。

3. 彼女は　あそこで　赤い　靴を＿＿＿＿＿＿（はいています）人を　知っています。

4. 嘘を＿＿＿＿＿＿（つきました）のは　誰ですか。

5. １２時まで＿＿＿＿＿＿（起きていました）人は　高さんじゃありませんか。

短文

例　私は　陳さんに　挨拶しました。

　　陳さんは　帽子を　被って　います。

→　私は　帽子を　被って　いる　陳さんに　挨拶しました。

1. 高橋さんは　中国語が　できます。

　　高橋さんは　髪が　長いです。

→

2. 私は　隣の　奥さんを　知って　います。

　　隣の　奥さんが　ペットを　飼って　います。

→

3. ワインは　体に　いいです。

　　ワインを　よく　飲みます。

→

69

4. 今朝 公園で 外国人 に 会いました。
   あの外国人 は 近くに 住んで います。
→

5. 昨日 彼は 新聞を 読みませんでした。
   彼は もちろん このことを 知りません。
→

翻訳

1. 作業還沒寫的人是江川同學。
→

2. 我經常看到把新台幣換成日幣的台灣觀光客。
→

3. 我最近常常看到她跑圖書館。
→

4. 喜歡音樂的他常常去卡拉 OK。
→

5. 說鄭老師壞話（悪口を言う）的人是誰呢？
→

 ## 応用会話 🔊 19

ご　　：どう　しましたか。

とよた：きのう　かった　じしょが　みつかりません。

ご　　：あそこに　あるのは　とよたさんの　じしょじゃありませんか。

とよた：あ、それです。それです。

呉　：どう　しましたか。

豊田：昨日　買った　辞書が　見つかりません。

呉　：あそこに　あるのは　豊田さんの　辞書じゃありませんか。

豊田：あ、それです。それです。

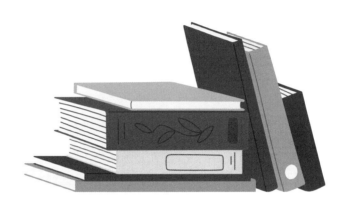

 単語表 🔊 20

使用語彙

1. キャッチボール	[和 catch ＋ ball]	（棒球）投接球練習
2. チーム ₁	[team]	隊伍，團隊
3. きこえる ₀ （きこえます・きこえて）	[NにNが 聞こえる] ＜Ⅱ＞	聽到（聲音）
4. ふとる ₂ （ふとります・ふとって）	[Nが 太る] ＜Ⅰ＞	變胖
5. はりきる ₃ （はりきります・はりきって）	[Nが 張り切る] ＜Ⅰ＞	充滿活力
6. スコア ₂	[score]	分數
7. つける ₂ （つけます・つけて）	[NがNを 付ける] ＜Ⅱ＞	打（分數）；記上

8. コーチ₁　　　　　　　　[coach]　　　　　　　教練
9. あちこち₂　　　　　　　　　　　　　　　　　到處
10. うごきまわる₅　　　　　[Nが動き回る]＜I＞　移動
　　（うごきまわります・うごきまわって）
11. じょうはんしん₃　　　　[上半身]　　　　　　上半身
12. はだか₀　　　　　　　　[裸]　　　　　　　　赤裸
13. マラソン₀　　　　　　　[marathon]　　　　　馬拉松
14. すがた₁　　　　　　　　[姿]　　　　　　　　姿態
15. みえる₂　　　　　　　　[Nが見える]＜II＞　看見
　　（みえます・みえて）
16. たいりょく₁　　　　　　[体力]　　　　　　　體力
17. もうれつ（な）₀　　　　[Nが猛烈（な）]　　猛烈的
18. いきおい₃　　　　　　　[勢い]　　　　　　　氣勢
19. ゴール₁　　　　　　　　[goal]　　　　　　　終點；目標
20. めざす₂　　　　　　　　[NがNを目指す]＜I＞　以…為目標
　　（めざします・めざして）
21. ない₁　　　　　　　　　　　　　　　　　　無，沒有
22. できる₂　　　　　　　　[NにNが出来る]＜II＞　完成
　　（できます・できて）
23. たのしむ₃　　　　　　　[NがNを楽しむ]＜I＞　享受
　　（たのしみます・たのしんで）
24. スタイル₂　　　　　　　[style]　　　　　　　身材
25. きにいる₀　　　　　　　[NがNが気に入る]＜I＞　中意，喜歡
　　（きにいります・きにいって）
26. かよいはじめる₆　　　　[NがNに通い始める]＜II＞　開始上（補習班等）
　　（かよいはじめます・かよいはじめて）
27. だく₀　　　　　　　　　[NがNを抱く]＜I＞　抱
　　（だきます・だいて）
28. ねっしん（な）₁　　　　[NがNに熱心（な）]　熱心的，熱中的
29. ははおや₀　　　　　　　[母親]　　　　　　　母親（書面語）

30. やさしい。	[NがNに **優しい**]	溫柔的
31. ジョギング。	[jogging]	慢跑
32. たいわんせい。	[**台湾製**]	台灣製
33. りこう（な）。	[Nが **利口（な**)]	聰明的
34. らく（な）₂	[Nが **楽（な**)]	輕鬆的
35. すくない₃	[Nが **少ない**]	少的
36. しる。 （しります・しって）	[NがNを **知る**] ＜Ⅰ＞	知道
37. つとめる₃ （つとめます・つとめて）	[NがNに **勤める**] ＜Ⅱ＞	服務於，任職於
38. さぎょういん₂	[**作業員**]	作業員
39. たおれる₃ （たおれます・たおれて）	[Nが **倒れる**] ＜Ⅱ＞	倒塌
40. かえる。 （かえます・かえて）	[NがNをNに **換える**] ＜Ⅱ＞	變換
41. たいふう₃	[**台風**]	颱風
42. うそ₁をつく₁ （うそをつきます・うそをついて）	[Nが **嘘をつく**] ＜Ⅰ＞	說謊
43. にほんえん。	[**日本円**]	日幣
44. ドル₁	[dollar]	美元
45. まにあう₃ （まにあいます・まにあって）	[NがNに **間に合う**] ＜Ⅰ＞	趕上，來得及
46. おくれる。 （おくれます・おくれて）	[NがNに **遅れる**] ＜Ⅱ＞	遲到
47. とうさんする。 （とうさんします・とうさんして）	[Nが **倒産する**] ＜Ⅲ＞	倒閉
48. びょうき。	[**病気**]	生病
49. すっぱい₃	[Nが **酸っぱい**]	酸
50. あかい。	[Nが **赤い**]	紅的
51. くちあたり。	[**口当たり**]	口感

52. い￣ろ￣₂ [色] 顔色

53. し￣ろ￣い₂ [N が白い] 白的

54. ね￣だん₀ [値段] 價錢

55. て￣₁には￣いる₁ [N が手に入る] ＜Ⅰ＞ 到手
（てにはいります・てにはいって）

56. ぼ￣んち₀ [盆地] 盆地

57. し￣んけん（な）₀ [N が N に真剣（な）] 認真的

58. しゃ￣ちょう₀ [社長] 總經理

59. あ￣いさつする₁ [N が N に挨拶する] ＜Ⅲ＞ 問候
（あいさつします・あいさつして）

60. か￣らだ₀ [体] 身體

61. も￣ち￣ろん₂ [勿論] 當然

62. わ￣るくち₂をいう₀ [N が悪口を言う] ＜Ⅰ＞ 説壞話
（わるくちをいいます・わるくちをいって）

理解語彙

1. な￣か￣むら₀ [中村] 中村（姓氏）

2. こ￣う₁ [高] 高（姓氏）

3. と￣よた₁ [豊田] 豊田（姓氏）

日本傳統的國粹——相撲

日本的「国技」意指傳統的國粹運動，代表性的有「相撲」、「空手」、「柔道」、「合気道」、「剣道」、「弓道」等。

特別是「相撲」，在台灣透過 NHK 電視台的轉播已廣為人知。相撲是一種源於神道與農耕的祭典，在由直徑 4.5 公尺所圍成的「土俵」圈內競技，相傳已有 2000 年以上的歷史，現在的形式源自於江戶時代。相撲比賽的勝負雖重要，但賽前儀式亦不可或缺，例如撒鹽、漱口等具有清淨消災的涵義在內。

每輪的比賽為 15 天，稱為「場所」，每位「力士」一天只能比賽一次。在 15 天當中有 8 天以上得勝稱為「勝ち越し」，相反地，8 天以上落敗則稱為「負け越し」。每年有 6 輪場所，其中 3 輪在東京，大阪、名古屋、福岡則各 1 輪。此外位階也有所不同，「横綱」為最高位階，而次高位階的「大関」必須兩場所獲勝，才能晉級為夢寐以求的橫綱。

而比賽時，穿著鎌倉時代華麗衣裝的裁判叫「行司」，手中拿的扇子叫「軍配」。當他舉起軍配指向其中一位力士時，便意指該力士獲勝。

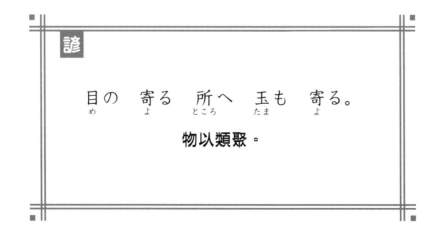

目の　寄る　所へ　玉も　寄る。

物以類聚。

 - メモ -

第 6 課　訪問

你是否曾經造訪過日本朋友的家呢？或是曾邀請日本朋友到你家玩？讓我們一起來看看，來自台灣的高中生造訪日本朋友家的時候，會有怎樣的新鮮體驗吧！透過本課文章，也學習與「經驗及動作列舉」有關的句型。

 **本文** 🔊 21

きょう　まつもとさんの　さそいで　かのじょの　うちを　たずねました。

わたしは　アメリカじんの　うちに　なんかいも　いった　ことが　あるけれども、にほんじんの　うちには　まだ　いった　ことが　ありません。

だから　とても　たのしみでした。

まつもとさんの　うちに　ついた　とき、かのじょと　おにいさんと　ごりょうしんは　げんかんで　まって　いました。

たいわんの　ウーロンちゃを　おみやげに　わたしました。

それから　まつもとさんの　へやで　いっしょに　せんべいや　おもちやようかんを　たべたり、トランプで　あそんだり　しました。

じゅうにじごろ　テーブルには　ごちそうが　たくさん　ならんで　いました。

にほんじんの　かていりょうりは　いままで　いちども　たべた　ことがありません。

わたしは　しょくじを　する　まえに、「いただきます」と、いいました。

それから　さしみや　すしを　たべたり、にほんちゃを　のんだり　して、いろいろと　がっこうの　ことを　はなしました。

ごご　さんじすぎ　まつもとさんいっかに　おじぎを　して、わかれまし

た。

このとき　まつもとさんの　おかあさんが　「りょうに　かえった　あと
で、でんわを　くださいね」と、いいました。

　今日　松本さんの　誘いで　彼女の　家を　訪ねました。私は　アメ
リカ人の　家に　何回も　行った　ことが　あるけれども、日本人の　家
には　まだ　行った　ことが　ありません。だから　とても　楽しみでし
た。

　松本さんの　家に　着いた　とき、彼女と　お兄さんと　ご両親は
玄関で　待って　いました。台湾の　ウーロン茶を　おみやげに　渡しま
した。それから　松本さんの　部屋で　一緒に　せんべいや　お餅や　よ
うかんを　食べたり、トランプで　遊んだり　しました。12時ごろ　テ
ーブルには　ご馳走が　たくさん　並んで　いました。日本人の　家庭
料理は　今まで　一度も　食べた　ことが　ありません。私は　食事を
する　前に、「いただきます」と、言いました。それから　さしみや　寿
司を　食べたり、日本茶を　飲んだり　して、色々と　学校の　ことを
話しました。

午後 ３時すぎ 松本さん一家に お辞儀を して、別れました。この
とき 松本さんの お母さんが 「寮に 帰った 後で、電話を くだ
さいね」と、言いました。

 文型 🔊22

❶ ～とき …的時候（前句動作後發生，後句動作先發生）

① 来月 日本に 行く とき、日本航空に 乗ります。
② 去年 日本に 行く とき、日本航空に 乗りました。
③ 毎日 家を 出る とき、「いってきます」と、言います。
④ 今朝 家を 出る とき、「いってきます」と、言いました。

❷ ～たとき …的時候（前句動作先發生，後句動作後發生）

① 毎朝 起きた とき、「おはようございます」と、挨拶します。
② 今朝 起きた とき、「おはようございます」と、挨拶しました。
③ 今晩 台湾に 帰った とき、両親に 電話を かけます。
④ 先週 台湾に 帰った とき、両親に 電話を かけました。

❸ ～ときは …的時候（前後句動作同時發生）

① 宿題が たくさん ある ときは、どう しますか。
② 東京に いる ときは、どう しますか。
③ 言葉が 分からない ときは、どう しますか。
④ ごみを 捨てたい ときは、どう しますか。

4 ～たときは …的時候（前句動作先發生）

① 疲れた　ときは、どう　しますか。
② おなかが　すいた　ときは、どう　しますか。
③ 目に　ごみが　入った　ときは、どう　しますか。
④ おなかを　壊した　ときは、どう　しますか。

5 ～ときは …的時候（名詞、形容詞，前後句動作同時發生）

① 眠い　ときは、どう　しますか。
② 歯が　痛い　ときは、どう　しますか。
③ 退屈な　ときは、どう　しますか。
④ 病気の　ときは、どう　しますか。

6 ～前に …之前

① 寝る　前に、「おやすみなさい」と、言います。
② 会議に　出る　前に、資料を　用意して　ください。
③ 友達の　家を　訪ねる　前に、電話を　かけた　ほうが　いいです。
④ 昨日　コンサートに　行く　前に、本屋に　寄りました。

7 ～た後で …之後

① 会社で　残業した　後で、日本酒を　一本　飲みましょう。
② 今晩　部屋を　片付けた　後で、友達と　バスケットボールを　します。
③ 先週　会社を　辞めた　後で、日本を　旅行しました。
④ 先月　学校に　論文を　出した　後で、船旅に　行きました。

⑧ ～たことがあります 曾經…

① アパートで 暮らした ことが あります。

② 馬に 乗った ことが あります。

③ ご馳走に なった ことが あります。

④ 中国語を 教えた ことが あります。

⑨ ～たことがありません 不曾…

① 会社では 一度も 働いた ことが ありません。

② フランスには 一度も 行った ことが ありません。

③ イタリア料理は 一度も 味わった ことが ありません。

④ 友達とは 一度も 喧嘩した ことが ありません。

⑩ ～たり、～たり 又…又…（無時間上的先後）

① 週末は 日本語を 勉強したり、音楽を 聞いたり します。

② 春休みは 映画を 見たり、旅行に 行ったり したいです。

③ 試験は やさしかったり、難しかったり です。

④ 朝ご飯は 牛乳だったり、豆乳だったり です。

ドリル

穴埋め

1. 最近は 大雨が＿＿＿＿＿＿＿（降る）、強い 風が＿＿＿＿＿＿＿（吹く）しました。

2. 今晩 ホテルに＿＿＿＿＿＿＿（泊まる）後で、ゆっくり 温泉に 入りましょう。

3. 夜遅くまで　会社に＿＿＿＿＿＿（残る）前に、家に　電話しなければ　なりません。

4. 彼女は　今まで　一度も　カナダに＿＿＿＿＿＿（行く）ことが　ありません。

5. ガス中毒に＿＿＿＿＿＿（なる）とき、どう　しますか。

短文

例（ご飯を　食べました）＋（食卓を　片付けて　ください）

→ ご飯を　食べた　後で、食卓を　片付けて　ください。

1.（日本に　行きます）＋（京都の　お寺を　見物したいです）

→

2. 坂本さんは　（台湾の　ビーフンを　食べました）＋（ことが　あります）

→

3. エレベーターは　（上がります）＋（下がります）

→

4. 日本人は　（家に　帰りました）＋（いつも　「ただいま」と、言います）

→

5.（やけどを　します）＋（病院に　行きます）

→

第6課

翻訳

1. 我曾經參加旅行團（ツアー）爬過（登る）富士山（富士山）。

　→

2. 他外宿（ホテルに泊まる）時，總是會打電話回家。

　→

3. 父親常常下班（会社を出る）後，跟朋友喝酒。

　→

4. 春假回家前，必須先買車票（切符）。

　→

5. 星期日吉田小姐常跟朋友聊天、吃飯。

　→

 # 応用会話 🔊 23

おう　　：おうちは　りょうから　とおいですか。

やまもと：ええ、うちに　かえる　ときは、いつも　でんしゃに　のった
　　　　　り、バスに　のったり　します。

おう　　：らいしゅう　しけんが　おわった　あとで、おうちを　たずね
　　　　　ても　いいですか。

やまもと：ええ、　いいですよ。くる　まえに、ちょっと　うちに　でん
　　　　　わを　して　くださいね。

王：お家は　寮から　遠いですか。
<ruby>王<rt>おう</rt></ruby>　<ruby>家<rt>うち</rt></ruby>　<ruby>寮<rt>りょう</rt></ruby>　<ruby>遠<rt>とお</rt></ruby>

山本：ええ、家に　帰る　ときは、いつも　電車に　乗ったり、バスに
　　　乗ったり　します。

王：来週　試験が　終わった　後で、お家を　訪ねても　いいですか。

山本：ええ、いいですよ。来る　前に、ちょっと　家に　電話を　して
　　　くださいね。

 # 単語表 🔊 24

使用語彙

1. さそい₀	［誘い］	邀請
2. たずねる₃	［NがNを訪ねる］＜Ⅱ＞	拜訪
（たずねます・たずねて）		
3. アメリカじん₄	［America 人］	美國人
4. なんかい₁	［何回］	幾次
5. たのしみ₃	［楽しみ］	樂趣

6. げんかん₁	［玄関］	玄關
7. まつ₁	［ₙがₙを待つ］ ＜Ⅰ＞	等待
（まちます・まって）		
8. ウーロンちゃ₃	［ウーロン茶・烏龍茶］	烏龍茶
9. わたす₀	［ₙがₙをₙに渡す］ ＜Ⅰ＞	交給
（わたします・わたして）		
10. おもち₀	［お餅］	年糕，麻糬
11. ようかん₁	［羊羹］	羊羹
12. トランプ₂	［trump］	撲克牌
13. テーブル₀	［table］	餐桌
14. ごちそう₀	［ご馳走］	豐盛美食
15. ならぶ₀	［ₙがₙが並ぶ］ ＜Ⅰ＞	排列著
（ならびます・ならんで）		
16. かていりょうり₄	［家庭料理］	家常菜
17. いちど₃	［一度］	一次
18. しょくじ₀	［食事］	用餐
19. いただきます₅	［戴きます］	我開動了（表示對提供食物之人的感謝）
20. さしみ₃	［刺身］	生魚片
21. すし₂	［寿司］	壽司
22. にほんちゃ₀	［日本茶］	日本茶
23. いっか₁	［一家］	一家
24. おじぎ₀をする₀	［ₙがₙにお辞儀をする］ ＜Ⅲ＞	向某人鞠躬
（おじぎをします・おじぎをして）		
25. わかれる₃	［ₙがₙと別れる］ ＜Ⅱ＞	告別；分離
（わかれます・わかれて）		
26. いってきます₅	［行ってきます］	我出門了
27. ことば₃	［言葉］	語詞
28. ごみ₂		垃圾
29. つかれる₃	［ₙが疲れる］ ＜Ⅱ＞	疲勞
（つかれます・つかれて）		

30. おなか。	[お腹]	肚子
31. すく。	[Nが空く] ＜Ⅰ＞	空著
(すきます・すいて)		
32. こわす₂	[NがNを壊す] ＜Ⅰ＞	弄壞
(こわします・こわして)		
33. ねむい。	[Nが眠い]	想睡覺的
34. たいくつ(な)。	[Nが退屈(な)]	無聊的
35. おやすみなさい₆	[お休みなさい]	晚安
36. よういする₁	[Nが用意する] ＜Ⅲ＞	準備
(よういします・よういして)		
37. コンサート₁	[concert]	音樂會，演唱會
38. ざんぎょうする。	[残業する]	加班
(ざんぎょうします・ざんぎょうして)		
39. にほんしゅ。	[日本酒]	日本酒，清酒
40. かたづける₄	[NがNを片付ける] ＜Ⅱ＞	整理，打掃
(かたづけます・かたづけて)		
41. やめる。	[NがNを辞める] ＜Ⅱ＞	辭職
(やめます・やめて)		
42. ろんぶん。	[論文]	論文
43. ふなたび。	[船旅]	搭船旅行
44. アパート₂	[apartment]	公寓
45. くらす。	[Nが暮らす] ＜Ⅰ＞	過日子
(くらします・くらして)		
46. うま₂	[馬]	馬
47. あじわう₃	[NがNを味わう] ＜Ⅰ＞	品嚐
(あじわいます・あじわって)		
48. けんかする。	[NがNと喧嘩する] ＜Ⅲ＞	打架；吵架
(けんかします・けんかして)		
49. はるやすみ₃	[春休み]	春假
50. とうにゅう。	[豆乳]	豆漿

第
6
課

51. ホテル 1	[hotel]	旅館
52. とまる 0 （とまります・とまって）	[NがNに 泊まる] ＜II＞	住宿
53. おおあめ 3	[大雨]	大雨
54. ゆっくり 3		慢慢地
55. おんせん 0	[温泉]	温泉
56. のこる 2 （のこります・のこって）	[NがNに 残る] ＜I＞	留下來
57. ガスちゅうどく 3	[gas 中毒]	瓦斯中毒
58. しょくたく 0	[食卓]	餐桌
59. おてら 0	[お寺]	寺廟
60. あがる 0 （あがります・あがって）	[Nが 上がる] ＜I＞	上昇
61. さがる 2 （さがります・さがって）	[Nが 下がる] ＜I＞	下降
62. ただいま 4		我回來了
63. やけど 0		燒燙傷
64. ツアー 1	[tour]	旅行團
65. のぼる 0 （のぼります・のぼって）	[NがNに 登る] ＜I＞	攀爬
66. きっぷ 0	[切符]	車票

理解語彙

1. にほんこうくう 4	[日本航空]	日本航空（公司名）
2. フランス 0	[France]	法國
3. イタリア 0	[義 Italia]	義大利
4. カナダ 1	[Canada]	加拿大
5. さかもと 0	[坂本]	坂本（姓氏）
6. ふじさん 1	[富士山]	富士山

到日本家庭作客的注意事項

　　不論在哪個國家，到別人家裡玩總有許多注意事項，例如準時、有禮貌地打招呼等。若不慎讓家中主人感到不適，很可能會讓彼此關係不如從前。

　　雖然平常跟日本人約定出遊，提早到是基本禮儀，但當改成到家裡作客時，晚個 3 到 5 分鐘反而比較好，這是為了避免遇上還在打掃或準備料理，而讓主人尷尬的情況發生。當然，若遲到太久也是不行的。而進門時，除了要說「**お邪魔します**（打擾了）」，記得要附上包裝完善的「**手土産**（簡單禮物）」，為自己留下好印象。

　　進了屋後，千萬不要自己隨便坐下，等主人說出「**自由にしていて**（請便）」時，再坐到指定位子或離房門最近的位子較佳。因為在日本文化當中，離出口最近的位置是給地位較低的人所坐的，而地位較高的人則坐在離出口最遠的地方。留意到他人家裡作客的注意事項，互相尊重，才能讓彼此的友誼更加長久。

第 6 課

> 諺
>
> 若い時の苦労は　買ってでもせよ。
>
> **年輕時吃的苦，**
>
> **必定成為將來寶貴的經驗。**

- メモ -

第**7**課 贈り物

　　交換留學生活總有結束的時候。即將回國前，除了準備禮物給在台灣的親朋好友之外，說不定也會收到來自日本同學及師長的餞別禮。透過本課文章，我們將學習日語當中的「授受動詞」相關句型。

本文 🔊 25

はんとしかんの　りゅうがくせいかつが　おわりました。

あしたは　いよいよ　しゅっぱつです。

わたしは　ここいっしゅうかん　たいわんに　かえる　じゅんびを　して
います。

りょこうかばんの　なかに　おみやげを　いっぱい　つめました。

わたしは　おかしの　ほかに　りょうしんに　かわいい　キーホルダーを
ひとつずつ　あげます。

おとうとに　ポケモンの　ゲームソフトを　かって　あげました。

いっぽう　クラスメートから　おみやげを　いろいろと　もらいました。

たんにんの　せんせいに　じゅぎょうちゅうの　どうがも　たくさん
とって　もらいました。

たのしい　おもいでが　たくさん　できました。

おととい　まつもとさんいっかが　わたしの　ために　そうべつかいを
ひらいて　くれました。

まつもとさんは　めずらしい　ふうりんや　おまもりなどを　くれまし
た。

ごりょうしんは　あした　まつもとさんと　いっしょに　くうこうまで
みおくって　くれます。

にほんに　いる　あいだに、まつもとさんと　せんせいがたに　たいへん

おせわに　なりました。

おかげで　にほんごが　じょうずに　なりました。

また　いい　ともだちが　おおぜい　できました。

これが　なによりの　たからものです。

　　半年間の　　留学生活が　　終わりました。明日は　　いよいよ　　出発です。
私は　ここ一週間　台湾に　帰る　準備を　しています。旅行かばん
の　中に　おみやげを　いっぱい　詰めました。私は　お菓子の　ほか
に　両親に　可愛い　キーホルダーを　一つずつ　あげます。弟に　ポ
ケモンの　ゲームソフトを　買って　あげました。

　　一方　クラスメートから　おみやげを　色々と　もらいました。担任の
先生に　授業中の　動画も　たくさん　撮って　もらいました。楽し
い　思い出が　たくさん　できました。おととい　松本さん一家が　私
の　ために　送別会を　開いて　くれました。松本さんは　珍しい　風鈴
や　お守りなどを　くれました。ご両親は　明日　松本さんと　一緒に
空港まで　見送って　くれます。

　　日本に　いる　間に、松本さんと　先生方に　大変　お世話に　なり
ました。おかげで　日本語が　上手に　なりました。また　いい　友達
が　大勢　できました。これが　何よりの　宝物です。

文型 🔊 26

❶ 〜に〜をあげます （我）給（他人）…

① 私は 母に セーターを あげました。
② 私は 娘に ネックレスを あげました。
③ 私は 甥に ベルトを あげました。
④ 私は 姪に 絵を あげました。

❷ 〜に〜を〜てあげます （我）為（他人）做…

① 私は 母に セーターを 編んで あげました。
② 私は 娘に ネックレスを 飾って あげました。
③ 私は 甥に ベルトを 買って あげました。
④ 私は 姪に 絵を 描いて あげました。

❸ 〜から〜をもらいます （我）從（他人）那裡得到…

① 私は 息子から 携帯電話を もらいました。
② 私は 兄から バイクを もらいました。
③ 私は 仲間から お湯を もらいました。
④ 私は 校長から 推薦状を もらいました。

❹ ～に～を～てもらいます （我）拜託（他人）做…

① 私は　息子に　　（頼んで）　携帯電話を　注文して　もらいました。
　 わたし　むすこ　　　たの　　　けいたいでんわ　　ちゅうもん

② 私は　兄に　　　（頼んで）　バイクを　運んで　もらいました。
　 わたし　あに　　　　たの　　　　　　　はこ

③ 私は　仲間に　　（頼んで）　お湯を　沸かして　もらいました。
　 わたし　なかま　　　たの　　　　ゆ　　わ

④ 私は　校長先生に　（頼んで）　推薦状を　書いて　もらいました。
　 わたし　こうちょうせんせい　　たの　　すいせんじょう　か

❺ ～に～をくれます （他人）給（我）…

① おじは　私に　ケーキを　くれました。
　 　　　わたし

② おばは　私に　本を　くれました。
　 　　　わたし　ほん

③ クラスメートは　私に　写真集を　くれました。
　 　　　　　　　わたし　しゃしんしゅう

④ ルームメートは　私に　写真を　くれました。
　 　　　　　　　わたし　しゃしん

❻ ～に～を～てくれます （他人）為（我）做…

① おじは　私に　ケーキを　買って　くれました。
　 　　　わたし　　　　　か

② おばは　私に　本を　選んで　くれました。
　 　　　わたし　ほん　えら

③ クラスメートは　私に　写真集を　包んで　くれました。
　 　　　　　　　わたし　しゃしんしゅう　つつ

④ ルームメートは　私に　写真を　撮って　くれました。
　 　　　　　　　わたし　しゃしん　と

❼ ～間に 在…期間內

① 子供が　寝ている　間に、部屋を　掃除しましょう。
　 こども　ね　　　あいだ　へや　そうじ

② 母が　買い物に　行っている　間に、シャツを　全部　洗濯しました。
　 はは　か　もの　い　　　あいだ　　　　　　ぜんぶ　せんたく

③ 財布を　捜している　間に、古い　アルバムが　出てきました。
　 さいふ　さが　　　あいだ　ふる　　　　　　で

④ 日本に　いる　間に、東京や　京都などを　見物しました。
　 にほん　　　あいだ　とうきょう　きょうと　　　けんぶつ

❽ あなたは誰に～をあげましたか 你給誰…呢？

例 あなたは 誰に 色紙を あげましたか。／妹 さん

→ 私は 妹に 色紙を あげました。

① あなたは 誰に 誕生日の プレゼントを あげましたか。／友達

→

② あなたは 誰に 玩具の 指輪を あげましたか。／近所の 子供

→

③ あなたは 誰に 花束を あげましたか。／先輩

→

❾ あなたは誰から～をもらいましたか 你從誰那裡得到…呢？

例 あなたは、誰から 時計を もらいましたか。／お父さん

→ 私は 父から 時計を もらいました。

① あなたは 誰から 花束を もらいましたか。／お姉さん

→

② あなたは 誰から アルバムを もらいましたか。／親友

→

③ あなたは 誰から プレゼントを もらいましたか。／彼氏

→

⓾ 誰があなたに〜をくれましたか 是誰給你…呢？

例 誰が あなたに 入場券を くれましたか。／妹さん
   だれ   にゅうじょうけん   いもうと

→ 妹が 私に 入場券を くれました。
  いもうと わたし にゅうじょうけん

① 誰が あなたに チョコレートを くれましたか。／おじさん
   だれ

→

② 誰が あなたに 写真集を くれましたか。／友達
   だれ   しゃしんしゅう   ともだち

→

③ 誰が あなたに パンフレットを くれましたか。／知らない人
   だれ   し   ひと

→

ドリル

穴埋め

1. 母は いつも 私たちに おいしい 料理を 作って＿＿＿＿＿＿。
   はは   わたし   りょうり つく

2. 先生は 毎週 私の 作文を 直して＿＿＿＿＿＿。
   せんせい まいしゅう わたし さくぶん なお

3. 去年 私は 日本人の 友達に 薬を 買って＿＿＿＿＿＿。
   きょねん わたし にほんじん ともだち くすり か

4. 最近 彼は よく 私に お茶を いれて＿＿＿＿＿＿。
   さいきん かれ   わたし ちゃ

5. 妹は ルームメートに 生け花を 教えて＿＿＿＿＿＿。
   いもうと   い ばな おし

第
7
課

97

短文

1. 間に
   あいだ

→

2. もらう

→

3. くれる

→

4. あげる

→

5. お世話になる
   せ わ

→

翻訳

1. 我替媽媽泡了紅茶。

→

2. 剛才隔壁鄰居替妹妹修理了腳踏車。

→

3. 她為我泡了一杯咖啡。

→

4. 我請老師介紹好字典。

→

5. 今天爸爸替媽媽買了蛋糕。

→

応用会話 🔊 27

まつむら：おたんじょうびに　にほんの　ともだちから　なにを　もらい
　　　　　ましたか。

りゅう　：ともだちが　アルバムを　おくって　くれました。

まつむら：それは　うらやましいですね。

りゅう　：らいげつ　かれが　たいわんに　あそびに　くる　ときに、ゆ
　　　　　うめいな　かんこうちを　あんないして　あげますけど。

松村：お誕生日に　日本の　友達から　何を　もらいましたか。
まつむら　たんじょうび　にほん　ともだち　なに

劉　：友達が　アルバムを　贈って　くれました。
りゅう　ともだち　　　　　　おく

松村：それは　羨ましいですね。
まつむら　　　　うらや

劉　：来月　彼が　台湾に　遊びに　来る　ときに、有名な　観光地を
りゅう　らいげつ　かれ　たいわん　あそ　く　　　　　ゆうめい　かんこうち
　　　案内して　あげますけど。
　　　あんない

単語表 🔊 28

使用語彙

1. おくりもの ⓪ 　　　　　[贈り物] 　　　　　禮物
2. りゅうがく ⓪ 　　　　　[留学] 　　　　　留學
3. いよいよ ② 　　　　　　　　　　　即將
4. しゅっぱつ ⓪ 　　　　　[出発] 　　　　　出發
5. ここいっしゅうかん ⑤ 　[ここ一週間] 　　這一星期
6. じゅんび ① 　　　　　　[準備] 　　　　　準備
7. つめる ② 　　　　　　　[NがNにNを詰める] <II> 　塞滿
　（つめます・つめて）
8. ゲームソフト ④ 　　　　[和 game ＋ soft] 　遊戲軟體
9. あげる ⓪ 　　　　　　　[私がNにNをあげる] <II> 　（我）給
　（あげます・あげて）
10. いっぽう ③ 　　　　　　[一方] 　　　　　一方面
11. たんにん ⓪ 　　　　　　[担任] 　　　　　班導，級任老師
12. どうが ⓪ 　　　　　　　[動画] 　　　　　影片
13. おもいで ⓪ 　　　　　　[思い出] 　　　　回憶
14. ため ② 　　　　　　　　　　　　　為了
15. そうべつかい ④ 　　　　[送別会] 　　　　歡送會
16. ひらく ② 　　　　　　　[NがNを開く] <I> 　舉辦
　（ひらきます・ひらいて）
17. くれる ⓪ 　　　　　　　[Nが私にくれる] <II> 　給（我）
　（くれます・くれて）
18. めずらしい ④ 　　　　　[Nが珍しい] 　　　稀有的，罕見的
19. おまもり ⓪ 　　　　　　[お守り・御守] 　護身符
20. みおくる ⓪ 　　　　　　[NがNをNまで見送る] <I> 　送別
　（みおくります・みおくって）
21. あいだに ⓪ 　　　　　　[間に] 　　　　　期間；之間

22. おせわ 2	［お世話］	照顧
23. おかげ 0		託大家的福
24. なにより 1	［何より］	比任何東西都…
25. たからもの 0	［宝物］	寶物
26. ネックレス 1	［necklace］	項鍊
27. おい 0	［甥］	外甥；姪子
28. ベルト 0	［belt］	腰帶
29. めい 0	［姪］	姪女；外甥女
30. あむ 1	［NがNを編む］＜Ⅰ＞	編織
（あみます・あんで）		
31. かざる 0	［NがNを飾る］＜Ⅰ＞	打扮；裝飾
（かざります・かざって）		
32. えがく 2	［NがNを描く］＜Ⅰ＞	畫
（えがきます・えがいて）		
33. むすこ 0	［息子］	兒子
34. はこぶ 0	［NがNを運ぶ］＜Ⅰ＞	搬運
（はこびます・はこんで）		
35. なかま 3	［仲間］	同伴
36. おゆ 0	［お湯］	熱水，熱開水
37. わかす 0	［NがNを沸かす］＜Ⅰ＞	燒（開水）
（わかします・わかして）		
38. すいせんじょう 0	［推薦状］	推薦信
39. おじ 0		叔叔、舅舅等
40. おば 0		阿姨、嬸嬸等
41. しゃしんしゅう 2	［写真集］	寫真集
42. ルームメート 4	［roommate］	室友
43. つつむ 2	［NがNを包む］＜Ⅰ＞	包裝
（つつみます・つつんで）		
44. そうじする 0	［NがNを掃除する］＜Ⅲ＞	打掃
（そうじします・そうじして）		

第7課

45. シャツ 1	[shirts]	襯衫
46. ぜんぶ 1	[全部]	全部
47. せんたくする 0	[NがNを洗濯する] <Ⅲ>	洗衣服
(せんたくします・せんたくして)		
48. さがす 0	[NがNを捜す] <Ⅰ>	找
(さがします・さがして)		
49. アルバム 0	[album]	相簿
50. えらぶ 2	[NがNを選ぶ] <Ⅰ>	選擇
(えらびます・えらんで)		
51. いろがみ 2	[色紙]	色紙
52. プレゼント 2	[present]	禮物
53. ゆびわ 0	[指輪]	戒指
54. きんじょ 1	[近所]	街坊鄰居
55. はなたば 2	[花束]	花束
56. せんぱい 0	[先輩]	學長，學姐
57. にゅうじょうけん 3	[入場券]	入場券
58. おちゃ 0 をいれる 0	[Nがお茶をいれる] <Ⅱ>	泡茶
(おちゃをいれます・おちゃをいれて)		
59. しょうかいする 0	[NがNにNを紹介する] <Ⅲ>	介紹
(しょうかいします・しょうかいして)		
60. いけばな 2	[生け花]	插花
61. おくる 0	[NがNを贈る] <Ⅰ>	贈送
(おくります・おくって)		
62. うらやましい 5	[Nが羨ましい]	令人羨慕的
63. あんないする 3	[NがNを案内する] <Ⅲ>	陪同遊覽；帶路
(あんないします・あんないして)		

理解語彙

1. まつもと 0	[松本]	松本（姓氏）
2. まつむら 2	[松村]	松村（姓氏）

日本人的禮尚往來

　　日本人於「お中元」與「お歳暮」時有彼此饋贈的習俗。「中元」一詞源於中國，為舊曆的 7 月 15 日。受中國文化傳入的影響，日本人會在中元時期互贈禮物，以表達平日對身旁之人的感謝之情，同時也可加深彼此的親密關係，特別在江戶時代更是盛行。日本政府在明治時代將舊曆改為陽曆後，部分地區的「お中元」就改到了陽曆 7 月，部分地區則在陽曆 8 月舉行。

　　贈禮不僅是個人彼此之間，也擴大到公司行號與客戶之間。以個人而言，對於公司的上司、小孩的老師、平日關照過自己的親朋好友皆在贈禮名單內，因此每逢此時，百貨公司總是擠滿購物的人潮。

　　「お歳暮」意指歲末，約為 12 月中旬左右。與「お中元」有異曲同工之妙，在年尾為了要感謝自己這一年來受人照顧之情而贈送禮物，贈禮對象則與「お中元」時一樣。相傳台語的賄賂一詞，來自於「お歳暮」的訛音，果真如此，那就喪失「お歳暮」原本的真意了。

諺

鬼に　金棒。

如虎添翼。

 - メモ -

日本語の学習

　　「聽、說、讀、寫」為語言學習的四大基礎，除了平日認真聽課，確實做到預習與複習之外，還有什麼方法可以磨練聽說讀寫的能力呢？透過本課文章，我們將了解練習聽說讀寫的技巧，並學習表示「假設」的各種句型。

 # 本文 🔊 29

にほんごの 「きく・はなす・よむ・かく」の よっつの ちからを み
に つける ために、わたしは つぎの がくしゅうほうほうを じっこ
うに うつして います。

まず 「きく」 ちからでは あきるまで、シーディーを なんびゃっか
いも ききます。

はつおんの ききとりが せいかくに できたら、くりかえし れんしゅ
うします。

さんかげつも あれば、このはつおんの ききとりと れんしゅうを マ
スターできます。

そして 「はなす」 ちからでは かんじょうを こめて、かいわの れ
んしゅうに とりくみます。

かんじょうを おさえると、がくしゅうの こうかは ありません。

つぎに 「よむ」 ちからでは ぶんぽうの きそを じぶんで ひとと
おり べんきょうします。

それから じしょを ひきながら、みじかい しんぶんの どっかいに
ちょうせんして みれば、いいです。

さいごに 「かく」 ちからを あげるなら、てがみや メールの れん
しゅうが てっとりばやいです。

もちろん わからない ところが あったら、じぶんで じしょを ひき

ます。

ひいても、なお　わからない　ときは、かならず　せんぱいか　せんせい
に　ききます。

　　日本語の　「聞く・話す・読む・書く」の　四つの　力を　身に　付
ける　ために、私は　次の　学習方法を　実行に　移して　います。ま
ず　「聞く」　力では　飽きるまで、ＣＤを　何百回も　聴きます。発
音の　聞き取りが　正確に　できたら、繰り返し　練習します。３か月も
あれば、この発音の　聞き取りと　練習を　マスターできます。そして
「話す」　力では　感情を　込めて、会話の　練習に　取り組みます。
感情を　抑えると、学習の　効果は　ありません。

　　次に　「読む」　力では　文法の　基礎を　自分で　一通り　勉強し
ます。それから　辞書を　引きながら、短い　新聞の　読解に　挑戦し
て　みれば　いいです。

　　最後に　「書く」　力を　上げるなら、手紙や　メールの　練習が
手っ取り早いです。もちろん　分からない　所が　あったら、自分で
辞書を　引きます。引いても、なお　分からない　ときは、必ず　先輩
か　先生に　聞きます。

文型 🔊 30

❶ ～と …的話，就…（前接動詞）

① 風が 吹くと、海が 荒れます。
② 春に なると、桜の 花が 咲きます。
③ 長時間 テレビを 見ると、目が 悪く なります。
④ 毎日 日本語を 勉強しないと、上手に なりません。

❷ ～と …的話，就…（前接名詞、形容詞）

① 希望者が 多いと、大きい 会場が 要ります。
② 先生が やさしくないと、学生に もてません。
③ 体が 元気だと、何でも できます。
④ 台湾製だと、性能が 優れています。

❸ ～ば …的話，就…（前接動詞）

① 風邪を 引けば、病院に 行きます。
② 今度の 旅行は 5人 集まれば、割引に なります。
③ 大雨が 降れば、彼は 会議に 出ません。
④ お金が 足りなければ、ローンを 利用しましょう。

❹ ～ければ／であれば …的話，就…（前接名詞、形容詞）

① 値段が 高ければ、私は それを 買いません。
② 寒くなければ、服を 少し 着た ほうが いいです。
③ 人は 有名であれば、誰でも 知っていますよ。
④ 明日 休講であれば、家で 休みましょう。

⑤ ～たら …的話，就…（前接動詞）

① お金が　あったら、雪祭りを　見に　行きましょう。

② 東京に　着いたら、知らせて　ください。

③ お酒を　飲んだら、車を　運転しては　いけません。

④ 内容が　分からなかったら、どんどん　質問して　ください。

⑥ ～たら …的話，就…（前接名詞、形容詞）

① 頭が　痛かったら、薬を　飲みます。

② 点数に　厳しくなかったら、受講者が　多く　なりますよ。

③ 彼が　暇だったら、家に　遊びに　来るでしょう。

④ 雨だったら、旅行は　止めましょう。

⑦ ～なら …的話，就…（前接動詞）

① 試験が　あるなら、早く　準備しなさい。

② 彼が　行くなら、私は　絶対に　行きません。

③ 映画を　見るなら、私を　誘って　くださいよ。

④ タバコを　吸わないなら、奥さんが　喜ぶでしょう。

⑧ ～なら …的話，就…（前接名詞、形容詞）

① 参考書が　ほしいなら、先生に　借りれば　いいです。

② 日本語が　上手なら、一人で　日本の　どこでも　行けます。

③ 体が　丈夫でないなら、水泳に　行った　ほうが　いいです。

④ 彼が　優しい人なら、私は　彼と　結婚したいです。

❾ ～ても／でも　即使…

① 大地震が　起こっても、このビルは　大丈夫でしょう。
② この辞書は　小さくても、語彙が　多いです。
③ この辺りは　夜は　静かでも、昼は　うるさいです。
④ 父は　台風でも、会社を　休みません。

❿ ～まで　直到…

① 雨が　止むまで、ここで　待ちましょう。
② ゆうべ　おなかが　満腹になるまで、おいしい　ものを　ご馳走に　なりました。
③ 酔っぱらうまで、酒を　飲みました。
④ 「いい」と　言うまで、目を　開けないで　ください。

－ メモ －

ドリル

穴埋め

1. 授業が＿＿＿＿＿（終わる）、いつも　まっすぐ　家に　帰ります。

2. もし　家に　犬が＿＿＿＿＿（いる）、きっと　毎日が　楽しいでしょう。

3. ＿＿＿＿＿（結婚する）、相手は　年上の　人が　いいでしょう。

4. 夏休みに＿＿＿＿＿（なる）、国に　帰ろうと　思っています。

5. テレビを＿＿＿＿＿（見る）、ニュースが　分かります。

短文

例 （繰り返し　練習します）＋（効果が　あります）

→ 繰り返し　練習すれば、効果が　あります。

1. （何回　本を　読む）＋（分からない）

→

2. （お正月に　なる）＋（阿里山に　行きたい）

→

3. （将来　自分の　家を　建てる）＋（静かな　所に　建てたい）

→

4. （よく　話す）＋（分かって　くれる）

→

5. （財布を　落とす）＋（警察に　届けを　出す）

→

翻訳

1. 遇到老師的話，請代為問候（よろしく言う）。

→

2. 要去看電影的話，我們一起去吧！

→

3. 她一直等到 11 點百貨公司開門。

→

4. 大地震發生的話，一定有很多死傷者（死傷者）吧。

→

5. 一吃飽，就想睡覺。

→

 # 応用会話 🔊 31

きむら：こんしゅうの　じゅぎょうが　おわると、なつやすみに　はいり
　　　　ます。

ちん　：なつやすみに　なったら、きょうとに　いきたいですが。

きむら：とうきょうえきで　しんかんせんに　のれば、にじかんあまりで
　　　　いけますよ。

ちん　：おてらを　けんぶつするなら、どこが　いちばん　いいでしょう
　　　　か。

木村：今週の　授業が　終わると、夏休みに　入ります。
<small>き むら　　こんしゅう　　　じゅぎょう　　お　　　　　　なつやす　　　はい</small>

陳　：夏休みに　なったら、京都に　行きたいですが。
<small>ちん　　なつやす　　　　　　　　　きょうと　　い</small>

木村：東京駅で　新幹線に　乗れば、2時間あまりで　行けますよ。
<small>き むら　　とうきょうえき　　しんかんせん　　の　　　　　にじかん　　　　　　　　い</small>

陳　：お寺を　見物するなら、どこが　一番　いいでしょうか。
<small>ちん　　　てら　　けんぶつ　　　　　　　　　　いちばん</small>

 # 単語表 🔊 32

使用語彙

1. がくしゅう。	［学習］	學習
2. ちから₃	［力］	實力
3. みにつける₄	［NがNを身に付ける］＜Ⅱ＞	吸收；習得
（みにつけます・みにつけて）		
4. つぎ₂	［次］	以下；其次
5. ほうほう。	［方法］	方法
6. じっこう。にうつす₂	［NがNを実行に移す］＜Ⅰ＞	付之於實現
（じっこうにうつします・じっこうにうつして）		

7. あきる 2　　　　　　　[NがNに飽きる] ＜II＞　　厭煩，厭倦
　　（あきます・あきて）

8. なんびゃっかい 4　　　[何百回]　　　　　　　幾百次

9. はつおん 0　　　　　　[発音]　　　　　　　　發音

10. ききとり 0　　　　　[聞き取り]　　　　　　聽寫

11. せいかく（な）0　　　[NがNに正確（な）]　　正確的

12. できる 2　　　　　　[Nができる] ＜II＞　　能，會
　　（できます・できて）

13. くりかえし 0　　　　[繰り返し]　　　　　　重複

14. マスターする 1　　　[NがNをmaster する] ＜III＞　精通
　　（マスターします・マスターして）

15. かんじょう 0　　　　[感情]　　　　　　　　感情

16. こめる 2　　　　　　[NがNを込める] ＜II＞　注入；充滿
　　（こめます・こめて）

17. こうか 1　　　　　　[効果]　　　　　　　　效果

18. ぶんぽう 0　　　　　[文法]　　　　　　　　文法

19. きそ 1　　　　　　　[基礎]　　　　　　　　基礎

20. ひととおり 0　　　　[一通り]　　　　　　　大致上

21. みじかい 3　　　　　[Nが短い]　　　　　　短的

22. どっかい 0　　　　　[読解]　　　　　　　　閱讀理解

23. ちょうせんする 0　　[NがNに挑戦する] ＜III＞　向…挑戰
　　（ちょうせんします・ちょうせんして）

24. さいごに 1　　　　　[最後に]　　　　　　　最後

25. あげる 0　　　　　　[NがNを上げる] ＜II＞　提升，提高
　　（あげます・あげて）

26. メール 0　　　　　　[mail]　　　　　　　　電子郵件

27. てっとりばやい 6　　[Nが手っ取り早い]　　很快的

28. わかる 2　　　　　　[NにNが分かる] ＜I＞　了解，懂
　　（わかります・わかって）

29. なお 1　　　　　　　[尚]　　　　　　　　　仍然

30. あれる 0 　　　　　　　[Nが荒れる] <Ⅱ>　　　狂（風、浪）
　　（あれます・あれて）

31. はる 1 　　　　　　　　[春]　　　　　　　　春天

32. さくら 0 　　　　　　　[桜]　　　　　　　　櫻花

33. さく 0 　　　　　　　　[NがNに咲く] <Ⅰ>　（花）開
　　（さきます・さいて）

34. ちょうじかん 3 　　　[長時間]　　　　　　長時間

35. きぼうしゃ 2 　　　　　[希望者]　　　　　　想參加的人

36. かいじょう 0 　　　　　[会場]　　　　　　　會場

37. いる 0 　　　　　　　　[NにNが要る] <Ⅰ>　需要
　　（いります・いって）

38. もてる 2 　　　　　　　[NがNに持てる] <Ⅱ>　受歡迎
　　（もてます・もてて）

39. せいのう 0 　　　　　　[性能]　　　　　　　性能

40. すぐれる 3 　　　　　　[Nが優れる] <Ⅱ>　　優異
　　（すぐれます・すぐれて）

41. わりびき 0 　　　　　　[割引]　　　　　　　打折

42. たりる 0 　　　　　　　[Nが足りる] <Ⅱ>　　足夠
　　（たります・たりて）

43. ローン 1 　　　　　　　[loan]　　　　　　貸款

44. りようする 0 　　　　　[NがNを利用する] <Ⅲ>　利用
　　（りようします・りようして）

45. きゅうこう 0 　　　　　[休講]　　　　　　　停課

46. ないよう 0 　　　　　　[内容]　　　　　　　內容

47. どんどん 1 　　　　　　　　　　　　　　　不斷地

48. あたま 3 　　　　　　　[頭]　　　　　　　　頭

49. てんすう 3 　　　　　　[点数]　　　　　　　分數

50. きびしい 3 　　　　　　[NがNに厳しい]　　　對…嚴苛的

51. じゅこうしゃ 2 　　　　[受講者]　　　　　　上課者，學員

52. ひま 0 　　　　　　　　[暇]　　　　　　　　空閒

53. やめる。　　　　　　　［Nが Nを 止める］＜II＞　　　中止
　　（やめます・やめて）

54. ぜったいに。　　　　　［絶対に］　　　　　　　　絕對

55. さんこうしょ。　　　　［参考書］　　　　　　　　參考書

56. すいえい。　　　　　　［水泳］　　　　　　　　　游泳

57. おおじしん ₃　　　　　［大地震］　　　　　　　　大地震

58. ごい ₁　　　　　　　　［語彙］　　　　　　　　　語彙

59. ひる ₂　　　　　　　　［昼］　　　　　　　　　　白天

60. まんぷく。　　　　　　［満腹］　　　　　　　　　吃飽

61. よっぱらう。　　　　　［Nが 酔っぱらう］＜I＞　　喝醉
　　（よっぱらいます・よっぱらって）

62. ニュース ₁　　　　　　［news］　　　　　　　　　新聞

63. たてる ₂　　　　　　　［Nが Nを 建てる］＜II＞　　蓋（房子）
　　（たてます・たてて）

64. おとす ₂　　　　　　　［Nが Nを 落とす］＜I＞　　掉落；遺失
　　（おとします・おとして）

65. けいさつ。　　　　　　［警察］　　　　　　　　　警察

66. とどけ ₃ をだす ₁　　　［Nが Nに 届けを出す］＜I＞　（向警察）報案
　　（とどけをだします・とどけをだして）

67. よろしく。　　　　　　　　　　　　　　　　　　問候

68. ししょうしゃ ₂　　　　［死傷者］　　　　　　　　死傷者

69. あまり ₁　　　　　　　　　　　　　　　　　　　…多

理解語彙

1. ゆきまつり ₃　　　　　［雪祭り］　　　　　　　　雪祭
2. ありさん ₂　　　　　　［阿里山］　　　　　　　　阿里山

日本的國語為英語？法語？

　　早期日本為了邁向富國強兵之道，認為排除任何不合乎時代潮流的東西有其正當性，而國語本身的日語亦包括在內。

　　明治維新後，有「日本現代教育之父」之稱的「森有礼」，預見將來的強權為新興的美國，因而強烈主張廢掉日語，採用英語當做日本的國語，引來諸多爭議，最後不了了之。

　　戰後，被稱為「議會政治之父」的「尾崎行雄」亦認為，日本戰敗的其中一項因素與日語本身太繁雜有關，使日本人在學習過程上浪費不少能源，連帶磨損日本的國力，而認為恢復「森有礼」的主張為時亦未晚，再次力主將英語當做日本的國語。

　　無獨有偶，有「小說之神」美譽的「志賀直哉」，也以法語優雅、語法科學化等為由，大力主張採用法語當日本國語，同樣在當時引起社會爭議不斷。

　　這些提議最後都被有識之士以語言不該站在「溝通論」立場，而應站在「文化論」立場，把語言當做族群認同的象徵、人類傳承的文化遺產，即使是少數語言，亦有必要加以保存，終於使得這些似是而非的尊外語為國語的理論消失。

第8課

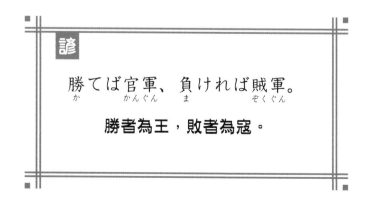

 – メモ –

 本冊句型一覧

名詞	N：今日	Nの：今日の
	Nである：今日である	
な形容詞	Na：きれい	Naな：きれいな
	Naである：きれいである	
い形容詞	Aい：忙しい	A：忙し
	Aく：忙しく	Aくない：忙しくない
	Aかった：忙しかった	Aくなかった：忙しくなかった
	Aければ：忙しければ	
動詞	V辞書形：書く	Vて：書いて
	Vない：書かない	Vない：書か
	Vます：書きます	Vます：書き
	Vた：書いた	Vば：書けば

普通形	N普通形	今日だ、今日ではない、 今日だった、今日ではなかった
	Na普通形	きれいだ、きれいではない、 きれいだった、きれいではなかった
	A普通形	忙しい、忙しくない、忙しかった、忙しくなかった
	V普通形	書く、書かない、書いた、書かなかった

第一課　旅行

1. N（第一人稱）＋は＋Nを／が＋Vます＋たいです

2. N（第一人稱）＋は＋Nを＋Vます＋たいです

3. N（第一人稱）＋は＋Nに＋Vます＋たいです

4. N（第一人稱）＋は＋Nが＋ほしいです

5. N（第三人稱）＋は＋Vます＋たそうです

6. N（第三人稱）＋は＋Nが＋ほしそうです

7. N（第三人稱）＋は＋A＋そうです

8. 何が　したいですか

　　→Nが＋Vます＋たいです

　　→何も　したくないです

9. 疑問詞＋に＋Vます＋たいですか

10. 何が　ほしいですか

　　→Nが＋ほしいです／何も　ほしくないです

　　→Nが＋Vます＋たいです／何も＋Vます＋たくないです

第二課　外出

1. Vて

2. Vて＋います（動作進行）

3. Vて＋います／Vて＋いません（變化結果）

4. Vて＋います／Vて＋いません（狀態屬性）

5. Vて＋います／Vて＋いません（某期間内的動作進行或變化結果）

6. Vて＋います／Vて＋いません（穿著）

7. Vて＋いました／Vて＋いませんでした

8. Vます＋たがっています／A＋がっています

9. N＋で／Na＋で／Aく＋て

10. Vます＋に、N（場所）に＋行きます

第三課　私の一日

1. Vない

2. Vて＋も／は

3. Vた

4. Vて＋ください

5. Vない＋でください

6. Vて＋も　いいです

7. Vて＋も　いいです

　　Aく＋ても　いいです

　　N／Na＋でも　いいです

8. Vて＋は　いけません

9. V~~ない~~＋なければ　なりません

10. V~~ない~~＋なくても　いいです

11. Vた＋ほうが　いいです

12. Vない＋ほうが　いいです

第四課　工場見学

1. Vて、〜（動作順序）

2. Vて＋から、〜

3. Vない＋で、〜

4. Vます＋ながら、〜

5. N／Na＋に＋なりました

6. Aく＋なりました

7. そして～→Ｖて、～

8. それから～→Ｖて＋から、～

9. だから～→Ｖて～

10. Ｖて、～（副詞用法）

第五課　スポーツ

1. Ｖ辞書形＋Ｎ

2. Ｖた＋Ｎ

3. Ｖて＋いる＋Ｎ

4. Ｖて＋いた＋Ｎ

5. Ｖない＋Ｎ

6. Ｖ~~ない~~＋なかった＋Ｎ

7. Ｖて＋いない＋Ｎ

8. Ａい／Ａくない／Ａかった／Ａくなかった＋Ｎ

9. Ｎの／Ｎである／Ｎだった／Ｎではない／Ｎではなかった＋Ｎ

10. Ｎａな／Ｎａである／Ｎａだった／Ｎａではない／Ｎａではなかった＋Ｎ

第六課　訪問

1. Ｖ辞書形＋とき

2. Ｖた＋とき

3. Ｖ普通形＋ときは

4. Ｖた＋ときは

5. Ａい／Ｎａな／Ｎの＋ときは

6. Ｖ辞書形＋前に

7. Ｖた＋後で

8. Ｖた＋ことが　あります

9. Vた＋ことが　ありません

10. Vた＋り、Vた＋り　します

　　Aかった＋り、Aかった＋り　します

　　Naだった＋り、Naだった＋り　です

　　Nだった＋り、Nだった＋り　です

第七課　贈り物

1. N（第一人稱）は＋N（人）に＋N（物）を＋あげます

2. N（第一人稱）は＋N（人）に＋N（物）を＋Vて＋あげます

3. N（第一人稱）は＋N（人）から＋N（物）を＋もらいます

4. N（第一人稱）は＋N（人）に＋N（物）を＋Vて＋もらいます

5. N（人）は＋N（第一人稱）に＋N（物）を＋くれます

6. N（人）は＋N（第一人稱）に＋N（物）を＋Vて＋くれます

7. V普通形＋間に

8. あなたは＋誰に＋N（物）を＋あげましたか

9. あなたは＋誰から＋N（物）を＋もらいましたか

10. 誰が＋あなたに＋N（物）を＋くれましたか

第八課　日本語の学習

1. V辞書形／Vない＋と

2. Aい／Naだ／Nだ＋と

3. Vば

4. Aければ／Na＋であれば／N＋であれば

5. Vた＋ら

6. Aかった／Naだった／Nだった＋ら

7. V辞書形／Vない＋なら

8. Aい／Na／N＋なら

9. Vて＋も

Aく＋ても

Na／N＋でも

10. V辞書形＋まで

詞性活用

		ない形	ます形	辞書形	条件形	て形	た形
動詞	第一類動詞	書かない	書きます	書く	書けば	書いて	書いた
		泳がない	泳ぎます	泳ぐ	泳げば	泳いで	泳いだ
		出さない	出します	出す	出せば	出して	出した
		読まない	読みます	読む	読めば	読んで	読んだ
		死なない	死にます	死ぬ	死ねば	死んで	死んだ
		呼ばない	呼びます	呼ぶ	呼べば	呼んで	呼んだ
		待たない	待ちます	待つ	待てば	待って	待った
		乗らない	乗ります	乗る	乗れば	乗って	乗った
		買わない	買います	買う	買えば	買って	買った
		行かない	行きます	＊行く	行けば	行って	行った
	第二類動詞	食べない	食べます	食べる	食べれば	食べて	食べた
		見ない	見ます	見る	見れば	見て	見た
	第三類動詞	しない	します	する	すれば	して	した
		来ない	来ます	来る	来れば	来て	来た

		ない形	ます形	辞書形	条件形	て形	た形
形容詞	い形容詞	寒くない <small>さむ</small>	-	寒い <small>さむ</small>	寒ければ <small>さむ</small>	寒くて <small>さむ</small>	寒かった <small>さむ</small>
	な形容詞	新鮮 <small>しんせん</small>ではない	-	新鮮 <small>しんせん</small>	新鮮なら <small>しんせん</small>	新鮮で <small>しんせん</small>	新鮮だった <small>しんせん</small>
助動詞	敬體	〜ません	-	〜ます	-	〜まして	〜ました
	断定	ではない	-	だ	なら	で	だった
		ではありません	-	です	-	でして	でした

＊「行く」的「て形」為「行っ」。

參考書目

＋ NHK 放送文化研究所編『NHK 日本語発音アクセント新辞典（iOS アプリ版）』NHK 出版、2019

參考資料

＋ 茨城県."茨城空港の愛称について".https://www.pref.ibaraki.jp/somu/hodo/hodo/20200605chiji.html（最終閲覧日：2022 年 1 月 21 日）

＋ NIKKEI STYLE."「お邪魔します」で恥かかない　訪問時のマナー".https://style.nikkei.com/article/DGXNASFK11035_R11C13A2000000/（最終閲覧日：2022 年 1 月 21 日）

付録

國家圖書館出版品預行編目資料

日語讀本II／趙順文編著.－－修訂三版一刷.－－臺
北市：三民，2022
　　　面；　公分.－－（日日系列）

　　ISBN 978-957-14-7404-5　（平裝）
　　1. 日語 2. 讀本

803.18　　　　　　　　　　　　111002164

日日系列

日語讀本 II

編 著 者	趙順文
發 行 人	劉振強
出 版 者	三民書局股份有限公司
地　　址	臺北市復興北路 386 號 (復北門市)
	臺北市重慶南路一段 61 號 (重南門市)
電　　話	(02)25006600
網　　址	三民網路書店 https://www.sanmin.com.tw
出版日期	初版一刷 2001 年 2 月
	修訂二版七刷 2018 年 2 月
	修訂三版一刷 2022 年 4 月
書籍編號	S802460
I S B N	978-957-14-7404-5

三民書局

日語讀本

趙順文　編著

II

解析夾冊

三民書局

日語讀本 II 目次

圖片來源：Shutterstock

第一課 / 旅行（旅行）
りょこう

❖ 課文

我很喜歡旅行。

現在以交換學生的身分居留在日本。

我想和金同學到各處去走走。

首先想走訪關東地方的觀光地。

特別想看迪士尼樂園的遊行。

然後想在米奇屋與米奇拍照。

以前想坐咖啡杯。

但是現在不想坐了。

雲霄飛車以前不想坐。

現在想坐了。

旅行離不開伴手禮。

我以前不想要小東西。

但是現在想要。

金同學想要伴手禮。

她想在伴手禮店買寶可夢的零嘴和 Hello Kitty 的布娃娃等。

我問金同學：「你喜歡怎麼樣的伴手禮呢？」

她回答說：「國中時想要哆啦 A 夢的鑰匙圈，現在則不想要。相反地，我很想要 Hello Kitty 的布娃娃。」

❖ 應用會話

店員：歡迎光臨。

客人：我想在週末遊覽京都一天。

店員：那麼請看簡介小手冊。交通工具方面呢？

客人：嗯，我想搭新幹線。

參考解答

❖ 句型

8. ① 芝居が見たいです。
　　しばい　み

　　何もしたくないです。
　　なに

　② すき焼きが食べたいです。
　　　　や　　た

　　何もしたくないです。
　　なに

　③ 海岸を散歩したいです。
　　かいがん　さんぽ

　　何もしたくないです。
　　なに

9. ① 北海道に行きたいです。
　　ほっかいどう　い

　② 漫画家になりたいです。
　　まんがか

　③ 新幹線に乗りたいです。
　　しんかんせん　の

10. ① 私はパソコンがほしいです。
　　わたし

　　私は何もほしくないです。
　　わたし　なに

　　私はパソコンを使いたいです。
　　わたし　　　つか

　　私は何も使いたくないです。
　　わたし　なに　つか

　② 私はお金がほしいです。
　　わたし　かね

　　私は何もほしくないです。
　　わたし　なに

　　私はお金をもらいたいです。
　　わたし　かね

私は何ももらいたくないです。

③ 私は友達がほしいです。

私は何もほしくないです。

私は友達を作りたいです。

私は何も作りたくないです。

❖ 填空練習

1. として

2. に／は

3. と

4. けれども

5. を／そう

❖ 造句練習

1. 田村さんは果物の中で特にりんごが好きです。

2. 姉は母の代わりに部屋を掃除しました。

3. 今日は暑くてたまりません。

4. 彼女は私に「先週のテストは難しかったです」と、答えました。

5. 宿題はやさしいけれども、たくさんあります。

❖ 翻譯練習

1. 私は前は車がほしかったけれども、今は携帯電話がほしいです。

2. 私はさっきはジュースを飲みたかったけれども、今はお茶を飲みたいです。

3. 彼女は小物が大好きです。風鈴を買いたそうです。

4. 私は彼に「どんなものがほしいですか」と、聞きました。

5. この雑誌は面白いけれども、ちょっと高いです。

第二課 / 外出（外出）
がいしゅつ

參考中譯

❖ **課文**

昨天到深夜一直下雨。

沒有颱強風。

但是今天卻放晴。

沒有下雨。

今天我和田中同學兩人想去玩。

今天早上很早就出了宿舍。

10 點來到原宿車站。

田中同學已經到車站前了。

她身穿灰色的毛衣。

穿著可愛的裙子與鞋子。

非常漂亮、好看。

車站前的道路擠滿了日本人與外國觀光客。

有很多年輕人頭髮染成棕色。

手裡拿著手機。

個個精神奕奕。

每間店鋪都很有品味，而且很有個性。

我們在這附近閒逛到下午 4 點。

晚上去高級餐廳吃晚餐。

偶爾也想奢侈一下。

❖ 應用會話

林：森先生，你吃午餐了嗎？

森：還沒有。

林：一起去高級餐廳用餐吧！

森：好啊！我身上帶著不少錢呢。

參考解答

❖ 填空練習

1. で

2. もう／います

3. くて

4. に／に

5. に

❖ 造句練習

1. 彼は日本人で、大学で日本語を教えています。

2. 台北は人が多くて、にぎやかです。

3. この店は昔とても有名で、いつもお客さんで込んでいました。

4. お兄さんは写真を撮りに観光地を回ります。

5. 子供は友達と遊びに、公園に行きます。

❖ 翻譯練習

1. 中山さんは本を買いに、本屋に行きました。

2. 彼は風邪を引きました。今は夜 7 時に寝ます。

3. 最近よく風が吹いています。

4. 私のクラスメートは背が低くて、ちょっと痩せています。

5. 彼女は昔はよく自転車で学校に行きました。
かのじょ　むかし　　　じてんしゃ　がっこう　い

第三課 / 私の一日（我的一天）
わたし　いちにち

參考中譯

❖ **課文**

我是交換學生。

現在住在學校宿舍。

學校的上課時間是 9 點到 4 點。

每天早上必須 7 點起床。

放假的日子可以不必那麼早起。

8 點半必須離開宿舍。

到學校搭公車約 10 分鐘。

也可以走路。

騎腳踏車也不要緊。

上課中，老師總是對我們說：

「可以發問。

不可以喧譁。

要保持安靜。

不要吵到別人。」

午休時間有 1 小時。

放學後不必馬上回到宿舍。

偶爾在附近的咖啡店跟同學聊天。

可是在公共場所最好不要大聲說話。

宿舍生活有很多規定。

例如房間內不可以養寵物。

晚上在自己房間裡可以做任何事。

但是最好把電視等聲音關小。

❖ 應用會話

醫生：請坐在那邊。

病患：我的喉嚨好痛。

醫生：你感冒了，最好早點睡覺。

病患：好的，我知道了。

參考解答

❖ 填空練習

1. まで／に／ても

2. を／ては

3. なければ

4. と

5. と／ほうが

❖ 造句練習

1. 彼はよく働いています。しかし、家は貧乏です。

2. 大人はお酒を少し飲んでもかまいません。

3. 私たちは両親を大切にしなければなりません。

4. 子供の遊び相手は子供でなければなりません。

5. お菓子はあまり食べすぎないほうがいいです。

1. 教室の中で騒いではいけません。

2. 子供はタバコを吸ってはいけません。

3. 今日は早く帰って連続ドラマを見てもいいです。

4. 運転手は交通ルールを守らなければなりません。

5. 患者はお酒をやめたほうがいいです。

第四課 / 工場見学（參觀工廠）
こうじょうけんがく

參考中譯

❖課文

今天是參觀工廠的日子。

我今天早上很早起床到學校。

同學們於約定的 9 點在學校運動場集合，搭乘大型遊覽車。

遊覽車裡面熱鬧滾滾。

大家都邊吃零嘴和便當，邊聊著課業及流行時尚等等。

下午 1 點抵達東京郊外的琦玉工廠。

當時廠長來到正門迎接我們。

我們高興地拜託負責人帶路。

然後戴著安全帽，進入現場。

這間工廠分成 5 大部門，

製造汽車及巴士等等。

除了這些，目前也邊引進最尖端的技術，邊致力於機器人的開發。

我們在下午 3 點左右向工廠的人道謝：「今天受益匪淺，非常感謝。」後，接著

便踏上歸途。

❖ 應用會話

王 ：古田同學，你最近星期五課一上完，就跑圖書館吧？

古田：是啊！最近邊思索報告，邊收集資料。

王 ：報告相當棘手吧！

古田：是的，所以每個星期五上午聽課，下午就在圖書館鑽研報告。

參考解答

❖ 句型

7. ① 彼は朝ご飯を食べて、新聞を読みました。
   かれ あさ はん た しんぶん よ

   ② 私は歯を磨いて、顔を洗いました。
   わたし は みが かお あら

   ③ 斎藤さんは家に帰って、お風呂に入りました。
   さいとう うち かえ ふろ はい

8. ① 花子さんは芝居を見てから、家に帰りました。
   はなこ しばい み うち かえ

   ② 陳さんはお弁当を食べてから、少し散歩をしました。
   ちん べんとう た すこ さんぽ

   ③ 私たちは歌ってから、踊りました。
   わたし うた おど

9. ① 彼は熱を出して、病院に行きました。
   かれ ねつ だ びょういん い

   ② 私はのどが渇いて、水をたくさん飲みました。
   わたし かわ みず の

   ③ 兄は試験があって、一生懸命に勉強しています。
   あに しけん いっしょうけんめい べんきょう

10. ① 林さんは頑張って、宿題をしました。
    はやし がんば しゅくだい

    ② 弟は慌てて、部屋をきれいにしました。
    おとうと あわ へや

    ③ みんなが喜んで、彼にお金を貸しました。
    よろこ かれ かね か

❖ 填空練習

1. 食べながら

2. して

3. 急いで

4. 入ってから

5. 上手に

❖ 造句練習

1. 戦争が終わってから、もう ７５ 年になりました。

2. よく辞書を引きながら、日本語を勉強しました。

3. お金がなくて、買い物をしませんでした。

4. テレビを見て、ご飯を食べました。

   （テレビを見ながら、ご飯を食べました。）

5. 手を洗わないで、ご飯を食べました。

❖ 翻譯練習

1. 愛子さんはよく朝ご飯を食べないで、学校に行きます。

2. 私は高校に入ってから、もう２年になりました。

3. 兄は椅子に座って、テレビを見ています。

4. 最近の学生は何をしながら、本を読みますか。

5. テレビを見ながら、ご飯を食べてはいけません。

第五課 / スポーツ（運動）

參考中譯

❖ 課文

星期六的下午。

以前是工廠的學校運動場上現在聚集了很多人。

也有和樂融融玩在一起的學生，

也有拚命練習著投球與接球的學生。

也可以聽到籃球隊認真比賽的聲音。

無論瘦的選手或胖的選手都卯足全力。

計分的教練抖擻地活躍全場。

也可看到打赤膊的馬拉松選手的雄姿。

體力強的選手以猛烈的氣勢朝終點衝去。

體力弱的選手並沒有跑得那麼快。

最近宿舍附近的體育館也新落成了。

因此有很多人享受著運動的樂趣。

不太滿意自己身材的我，最近開始每星期上一次網球班。

此外也經常約朋友在學校運動場上運動。

❖ 應用會話

吳　　：怎麼了？

豐田：昨天買的字典不見了。

吳　　：在那裡的字典不就是你的嗎？

豐田：啊！就是那本。就是那本。

参考解答

❖ 填空練習

1. 知らない

2. だった

3. はいている

4. ついた

5. 起きていた

❖ 造句練習

1. 中国語ができる高橋さんは髪が長いです。

    (髪が長い高橋さんは中国語ができます。)

2. 私はペットを飼っている隣の奥さんを知っています。

    (私が知っている隣の奥さんがペットを飼っています。)

3. 体にいいワインをよく飲みます。

    (よく飲むワインは体にいいです。)

4. 今朝公園で会った外国人は近くに住んでいます。

    (近くに住んでいるあの外国人に今朝公園で会いました。)

5. 昨日新聞を読まなかった彼はもちろんこのことを知りません。

    (もちろんこのことを知らない彼は昨日新聞を読みませんでした。)

❖ 翻譯練習

1. 宿題をまだ書いていない人は江川さんです。

2. 私は台湾元を日本円に換える台湾人の観光客をよく見かけます。

3. 私は最近彼女が図書室に通っているのをよく見かけます。

4. 音楽が好きな彼はよくカラオケに行きます。

5. 鄭先生の悪口を言ったのは誰ですか。
　　ていせんせい　わるくち　い　　　　だれ

第六課 / 訪問（訪問）
　　　　　　　ほうもん

參考中譯

❖ 課文

今天受松本同學邀請，拜訪她家。

我去過美國人的家好幾次，但是從未去過日本人的家。

因此我非常期待。

來到松本同學家時，她跟哥哥與父母親在玄關等著。

我拿台灣的烏龍茶當伴手禮交給他們。

然後在松本同學的房間吃煎餅、年糕、羊羹，玩撲克牌等等。

12 點左右餐桌上擺滿佳餚。

日本人的家常菜，我到現在一次也未嚐過。

用餐前，我說了：「我開動了。」

然後吃著生魚片和壽司、喝日本茶，聊著學校的各種事情。

下午 3 點過後，我向松本同學全家鞠躬告辭。

這時松本同學的母親向我說：「回到宿舍後，要打電話報平安喔！」

❖ 應用會話

王　　：你家離宿舍很遠嗎？

山本：是啊。回家總是搭電車和公車。

王　　：下星期考完試，可以到你家拜訪嗎？

山本：好啊！當然可以。要來之前請先打個電話。

参考解答

❖ 填空練習

1. 降ったり／吹いたり

2. 泊まった

3. 残る

4. 行った

5. なった

❖ 造句練習

1. 日本に行ったとき、京都のお寺を見物したいです。

2. 坂本さんは台湾のビーフンを食べたことがあります。

3. エレベーターは上がったり、下がったりします。

4. 日本人は家に帰ったとき、いつも「ただいま」と、言います。

5. やけどをしたときに、病院に行きます。

❖ 翻譯練習

1. 私はツアーに参加して、富士山に登ったことがあります。

2. 彼はホテルに泊まるときに、いつも家に電話をします。

3. 父はよく会社を出た後で、友達とお酒を飲みます。

4. 春休みになる前に、切符を先に買わなければなりません。

5. 日曜日に吉田さんはよく友達とおしゃべりしたり、食事をしたりします。

第七課／贈り物（禮物）
おく　　もの

❖ 課文

半年的留學生活已結束。

明天也終於要離開日本了。

我這星期正準備著打包回台灣。

行李袋裡面裝滿伴手禮。

除了糕餅類之外，我還要送父母各一只可愛的鑰匙圈。

替弟弟則買了寶可夢的遊戲軟體。

另一方面，我從同學那邊得到各種伴手禮。

級任老師也為我拍了很多上課的影片。

創造了很多快樂的回憶。

前天松本同學一家人為我舉行歡送會。

松本同學送給我很珍貴的風鈴與護身符等等。

明天松本同學的父母會跟她一起送我到機場。

在日本的期間，受到松本同學與老師們很多的照顧。

託大家的福，日語變得流利了。

也結交了很多朋友。

這是比什麼都好的寶物。

❖應用會話

松村：你生日時收到日本朋友什麼禮物呢？

劉　　：朋友送我相簿。

松村：好羨慕啊！

劉　　：下個月朋友來台灣玩的時候，我要帶他去有名的觀光區。

參考解答

❖句型

8. ① 私は友達に誕生日のプレゼントをあげました。

　　② 私は近所の子供に玩具の指輪をあげました。

　　③ 私は先輩に花束をあげました。

9. ① 私はお姉さんから花束をもらいました。

　　② 私は親友からアルバムをもらいました。

　　③ 私は彼氏からプレゼントをもらいました。

10. ① おじさんが私にチョコレートをくれました。

　　② 友達が私に写真集をくれました。

　　③ 知らない人が私にパンフレットをくれました。

❖填空練習

1. くれます

2. くれます

3. あげました（／もらいました）

4. くれました

5. あげました（／もらいました）

❖ 造句練習

1. 日本で勉強している間に、ぜひ新幹線に乗りたいです。
2. お誕生日に恋人から何をもらいましたか。
3. 先輩はいつも私たちにパソコンの使い方を教えてくれます。
4. 私は弟に新聞を読んであげました。
5. 子供がいつも先生のお世話になっています。

❖ 翻譯練習

1. 私は母に紅茶をいれてあげました。
2. さっき隣の人が妹に自転車を直してくれました。
3. 彼女は私にコーヒーを1杯いれてくれました。
4. 私は先生にいい辞書を紹介してもらいました。
5. 今日父は母にケーキを買ってあげました。
   （今日父は母にケーキを買ってくれました。）

第八課 / 日本語の学習（日語的學習）

参考中譯

❖ 課文

為了習得日語「聽、說、讀、寫」四種能力，我實踐了下列的學習方法。

首先在「聽力」方面，將CD聽好幾百遍，直到厭倦為止。

當能正確地辨聽發音後，接著反覆練習。

只要3個月的時間，就能完全掌握聽解與練習。

而在「口說」的部分，則要投入感情，全力練習會話。

壓抑感情是不會有學習效果的。

其次在「閱讀」能力方面，則是自行學習一下基礎文法。

然後也可以邊查字典，邊試著挑戰短篇報紙的閱讀理解。

最後，如果要提升「書寫」的能力，善用書信與電子郵件會是最快的方法。

當然如有不懂的地方，自己要查字典。

查字典仍然不懂時，則一定要向學長姊或老師詢問。

❖ **應用會話**

木村：這星期的課一結束，就放暑假了。

陳　：放暑假的話，我想去京都。

木村：在東京車站搭乘新幹線的話，約 2 個多小時即可到達。

陳　：要參觀寺院的話，哪裡最好呢？

參考解答

❖ **填空練習**

1. 終わると

2. いたら

3. 結婚するなら

4. なったら

5. 見れば

❖ 造句練習

1. 何回本を読んでも、分かりません。
2. お正月になったら、阿里山に行きたいです。
3. 将来自分の家を建てるなら、静かな所に建てたいです。
4. よく話せば、分かってくれます。
5. 財布を落とすと、警察に届けを出します。

❖ 翻譯練習

1. 先生に会ったら、よろしく言ってください。
2. 映画を見るなら、一緒に行きましょう。
3. 彼女は１１時にデパートが開くまで待っていました。
4. 大地震が起こったら、死傷者が多いでしょう。
5. お腹がいっぱいになると、眠くなります。

本書難易度對應
日本語能力試驗 JLPT：N5~N4

正書與解析夾冊不分售
80246G

三民網路書店
www.sanmin.com.tw

◎封面圖片來源：Shutterstock